猫目荘《ねこのめそう》のまかないごはん

夢とふっくら玉子焼き

伽古屋圭市

角川文庫
24319

目次

猫目荘の住人たち

倉橋《くらはし》結芽《ゆめ》／十倉《とくら》ゆめの——漫画家としてヒット作を出せず、筆を折ることを決意。環境をリセットするため猫目荘にやってきた。

示野《しめの》ナゴミ——売れっ子漫画家。結芽のファン。

小金井《こがねい》——猫目荘の大家。

降矢《ふるや》伊緒《いお》——猫目荘の大家。元店子。

中村《なかむら》さん——全国放浪の旅から戻ってきたばかりの住人。結芽に猫目荘を紹介した。

茅野《かやの》ちせ——珈琲店オーナー。友人の娘・甕川《みかがわ》叶《かのう》を1カ月猫目荘で預かる。

蓬田龍大《よもぎだりゅうだい》／田中《たなか》竜太《りょうた》——俳優。

新井《あらい》由紀枝《ゆきえ》——物静かな女性。先端恐怖症。お菓子作りが得意。

二ノ宮《にのみや》愉生《ゆう》——登山系の人気ユーチューバー。アメリカでロングトレイルに挑戦中。

ボタン——猫目荘で暮らす茶色と白色のオス猫。住人たちに可愛がられている。

第一話　桜咲き、捨てた名前と玉子焼き

満開の桜の向こうにある、ベタで塗ったような黒い建物。

今日からわたしが住むことになる〝猫目荘《ねこのめそう》〟だ。

手前に美しい桜が配置されることによって、かえって建物の禍々《まがまが》しさが強調されている。

ホラー作品の扉絵に合いそうだ。

まずは通りを歩く女性の足もと。大きなボストンバッグを持ち、スマホの地図を見ていて、きょろきょろと周囲を見回している。どうやら初めての土地でどこかに向かっているようだ。ここで初めて主人公の顔が描かれる。若く美しい女性の顔のアップ、

なにかに気づいた様子。「ここかな……」というセリフがあり、ページをめくると桜とどす黒い建物の扉絵――。

いかんいかんと首を振る。往来で妄想に耽《ふけ》ってしまっていた。悪い癖だ。

敷地内に足を踏み入れる。たしかに見た目はあれだし、実際かなり年季の入った物件だけれど、建物内は小ぎれいで、けっしておどろおどろしい雰囲気でないことは内見で知っていた。

短い敷石の向こうにある玄関戸を開ける。鍵《かぎ》はかかっておらず、カラカラと小気味のよい音を響かせて戸は開いた。

ほどよい広さの靴脱ぎと、その向こうに延びる磨き込まれた板張りの廊下。脇には二階に上る階段が見える。

そして上がり框《がまち》でわたしを出迎えてくれたのは、猫、だった。

眠った姿勢から緩慢に顔を上げると、わたしを見つめ、

「なぁ」

と鳴いた。猫の鳴き声らしくない、まるで日本語で書いたような「なぁ」だ。茶と白の毛色、でっぷりと太っていて貫禄《かんろく》充分。ふてくされたような顔がまた愛敬《あいきょう》たっぷりである。再び猫の口が開き、

「倉橋《くらはし》、結芽《ゆめ》さんですか」

と言った。いや、猫はしゃべらない。あくびをしただけ。

廊下の奥に見知らぬ女性が立っていた。歳はわたしとそれほど変わらない、三十前後といった感じの人だ。

「あ、はい、そうです。倉橋です。えと――」

「お待ちしておりました」やや緊張の面持ちでぎこちなく頭を下げる。「大家の降矢《ふるや》伊緒《いお》です。よろしくお願いします」

「あ、よろしくお願いします」

戸惑いつつわたしも頭を下げた。

どうぞこちらに、とぎこちない笑みを浮かべた彼女のあとについていく。

戸惑った理由は単純に、女性の大家がいたことを知らなかったからだ。

電話をしたときも内見に訪れたときも、相手をしてくれた大家は小金井《こがねい》という名の男の人だった。三十代の後半くらいで、やわらかい雰囲気のある爽《さわ》やかそうな人物だった。

もうひとり大家がいるとは聞いていたけれど、会ってはいないし、名前も覚えていないというか聞かなかった気がする。でもたしか彼よりも年上の男性だと言っていたはずだ。

大家が男性ふたりってのは珍しいなと思ったし、いろんな想像を巡らせたので間違いないはずだが、勘違いか思い違いだろうか。あるいはこの四月に人事異動があったのか。人事異動？　大家で？

先導する彼女の背中を見つめながら、小金井の奥さんかもしれないと思いつく。最近結婚して大家になったばかり。いやいや、名字が違ったなと思い出す。しかし、同姓婚を強要する化石のような日本の婚姻制度を毛嫌いし、あえて事実婚を貫く意識高い系夫婦の可能性はある。あるいは「ふるやいお」は姓名ではなく、じつは全部下の名前というまさかのトリック。

などとくだらない妄想を繰りひろげているうちに廊下の奥にある食堂に案内された。

「どうぞ、お好きなところに座ってください。いま、もうひとりの大家である小金井を呼んできますので」

「あ、はい、すみません」

勝手に名前で遊んで大変申し訳ない気持ちになる。

食堂には大きなテーブルが置かれ、カウンターを挟んで台所がある。古めかしさは否めなかったけれども清潔感はあり、大きな窓からはたっぷりの陽光が射し込んでいるので明るく、開放的でもあった。

見知った小金井が現れる。清潔感溢《あふ》れる爽やかな笑顔の人物だ。

「どうも、大家の小金井です。このたびは猫目荘にご入居いただき、ありがとうございます」

降矢を含めて深々と頭を下げ、わたしも立ち上がって礼をした。

食堂のテーブルに座り、説明を受ける。といっても内見のときにしっかり説明は受けていて、疑問点はそのときに質問し、納得ずくで入居したのであくまでおさらいという感じだ。

猫目荘の最大の特徴は「まかないが提供される」ということだろう。いわゆる下宿屋である。ただし学生相手のものではなく、対象は社会人、大人である。学生を排除しているわけではないそうだが、いまのところ学生は住んでいないと聞いている。

まかないは朝と夕の二回。時間は決まっていて、こちらの都合で大きくずらすことはできない。不必要なときは事前に伝えておく。まかない代は月いくらなので、辞退してもお金が返ってくるわけではない。直前に予定が入った場合は仕方ないけれど、なるべく早く伝えてくれると嬉《うれ》しいと小金井は話した。食材や調理の手間が無駄になるわけだから、それは当然のマナーだろう。

そのほか、ゴミ出しのルール、風呂《ふろ》の話、洗濯機の話、騒音の話など、猫目荘で生活するうえでの注意点がなされた。

「なにか疑問なことや、ご質問はありますか」

「えと……大丈夫ですかね。以前も伺ってますし」

「そうですね。ま、うちの場合は大家もここに住んでますし、まかないのときに毎日のように顔を合わせますから。わたしでも、降矢でも、なにかあればいつでも気軽に声をかけてください」

小金井の隣に座る降矢もこくこくとうなずく。

おふたりの関係はどのようなものなのですか、という質問が思い浮かんだがさすがに呑《の》み込む。少なくとも入居初日にする質問ではない。

「あっ」と降矢がふいに笑顔になって小さく手を叩《たた》く。「玄関で、うちの猫と会ってますよね。猫、お好きですか」

「どうなんでしょう。嫌いでは、ないです。実家のほうには野良猫がいっぱいいましたし。でもちゃんと飼ったことはなくて、猫動画を漁《あさ》ることもないですし、まぁふつうですね」

ぐい、と身を乗り出す。

「犬派、とか」

ここで犬派だと言ったら猫目荘を追い出されるのだろうかと不安になる。

「いいえ、犬もおんなじ感じです。飼ったことないですし、好きですけど、特別なものは」

「そうですかー。でもきっと住んでるうちにボタンの魅力にやられますよー。あ、彼、ボタンって名前なんですよ」

「はぁ……」

小金井が「降矢さん、そのへんにしとこう」と苦笑しながら告げた。わたしに笑みを向ける。

「大丈夫ですよ、倉橋さん。うちは犬派の人も大歓迎ですので。ところで今晩の件ですが、夕食のまかないは不要で変更はないですか」

「はい。えっと、」友人？　知人？　知り合い？　仲間？　どう言うべきか〇・二秒迷う。「友人が引っ越し祝いをしてくれるとかで、外に食べにいきますので」

「わかりました。では、明日の朝食が最初のまかないでよろしいでしょうか」

「はい。よろしくお願いします」

「では、そのときに住人のみなさんに軽く紹介しますので。とはいえお伝えしていますとおり、当猫目荘では住人同士の深い交流はないですし、強制するようなことはありません。ほかの人たちとの距離感は各個人に委《ゆだ》ねています。ですので気兼ねする必要はないですし、逆に無理やり交流を図るような行為も避けていただければと思います」

「はい。それはもう重々に」

わたしが猫目荘に住もうと考えた理由はそこだ。

この下宿屋の存在は、去年の夏にひょんなきっかけで知ることとなった。まかないに惹《ひ》かれ、かといってわたしのような人間でもシェアハウスのような疎外感を抱くことがなさそうなのもよかった。

わたしはあまり他人と交流したいとは思わない。

もちろん趣味の合う気の置けない友人と話すのは好きだ。誰かといっしょだからこそできること、満喫できることはいっぱいあるし、その楽しさも知っている。でもひとりでいることも苦ではないし、寂しいとも思わない。ひとりだからこそ楽しめることもいっぱいある。

正直な話をすると、二十代、とくに大学生のころはひとりでいるのは恥ずかしかったし、周りから寂しい人間だと思われていそうで嫌だった。大学構内でひとりぼっちで食事をするときも、トイレとまではいかずとも人けのない、目立たない場所でこそこそと食べていた。学食には行けなかった。あんな陽キャの溜《た》まり場でぼっち飯をしていたら刺さる視線で失血死してしまう。

けれど三十路《みそじ》を迎えたころから、そうやって他人の目を気にすることも減ってきた。それがいいことか悪いことかはともかく、生きるのがだいぶ楽になったのは間違いない。

だからここでも、誰かと積極的に交流しようとは考えていなかった。わざわざわたしに話しかけてくる人がいるとも思えないし、危惧《きぐ》せずとも平穏は守られるはずだ。

それでですね――、と小金井がつづける。

「先ほど説明しましたとおり、まかないのリクエストは受け付けていないのですが、じつは最初のまかないだけは例外でして。もしご希望があればお伺いしているのですが、いかがでしょうか」

「リクエスト、ですか」

急に言われてもすぐには出てこなかった。

降矢が「アドバイスになるかどうかわかりませんが――」と前置きし、真剣な表情で告げる。

「当然、ほかの方も同じメニューを食べますし、入居時特典であることもバレるわけです。わたしはカレーライスをリクエストしたのですが、ほかの住人に『小学生かよ』と思われているのではないかと後悔しました。いちおうそれだけ、経験談としてお伝えしておきます」

話している内容と真剣な表情とのギャップが可笑《おか》しかった。さらに話の趣旨とは関係なく、この人はもともと猫目荘の住人だったんだなと考えた。

「まあまあ――」と小金井が笑う。「お好きなものを頼まれたらいいと思いますよ。そういうことを考える方はいないと思いますので。もちろんあまりに高価な食材や、調理に手間や時間がかかりすぎるものは難しいですが」

「わかりました。えっと、じゃあ……」

考える。少なくとも朝食でカレーライスを頼むつもりはなかったし、突飛なものや場違いなものもやめておいたほうがいいだろう。入居早々に目立ちたくはない。

朝食に合う、わたしがいま食べたい料理——。

「玉子焼き、でお願いできますか」

「ああ、玉子焼き。いいですよね」降矢が顔をほころばす。「毎日食べても飽きませんしね。でも玉子焼きでしたら、べつにリクエストしなくてもちょくちょく出てきますよ。せっかくの入居時特典ですけど、それでいいですか」

「ええ、まあ。考えてみれば、手づくりの玉子焼きってもうずいぶん食べてないなって。せっかくなので最初のまかないでいただきたいですし」

「では、こうしましょうか」と小金井が提案した。「ひと口に玉子焼きといってもさまざまなものがあります。倉橋さんのお好きな玉子焼きを伺って、それを提供します。それなら特別感がありますよね」

「あ、なるほど。ありがとうございます」

理想の玉子焼きと言われてもそれはそれで悩むところもあったけれど、過去の記憶を掘り起こしながら「わたしの考える最強の玉子焼き」を伝えた。ちょっと楽しみになってきた。

夕刻、引っ越し作業が一段落し、ひと息つく。

とはいえ、台所関係や日用品などすぐに必要になるものだけをとりあえず出しただけの状態だ。いまは無職だし、しばらく時間はあるのでゆっくり片づければいいかと考えていた。

それに引っ越しを機に徹底的な断捨離をおこなったので、荷物もそれほど多くない。猫目荘は六畳間で、前のワンルームと大きな違いはないものの、台所はうんと小さく、収納スペースや延べ床は圧倒的に狭い。それもあったし、上京以来溜まりに溜まったモノが以前は部屋中に溢《あふ》れていて、いいかげんなんとかしないと、とずっと思っていた。引っ越しはまたとない機会だった。というか、この機を逃せば一生片づけられない気がした。

最初はどこから手をつけるべきかと途方に暮れたものの、コツを摑《つか》んでくるとモノを捨てるのがどんどん楽しくなってきた。ほとんどは「なんでこんなもの捨てずに置いていたのか」と躊躇《ちゅうちょ》なく捨てられたし、「もし必要になればあらためて買えばいい」と割りきれば大半は処分できる。使うか使わないかわからないものが空間を無駄に埋めて、管理の手間がかかるほうがお金よりももったいない。

整理できるか自信のなかったオタグッズも、はじめてみれば「もういいかな」と割りきれるものは少なくなく、さほど悩まされることなく減らすことができた。売れそうなものはフリマアプリで売って、引っ越し費用の足しにしたのは言うまでもない。意外なものが意外な高値で売れたりして、これはこれで癖になる楽しさがあった。

モノが減るほどに、心が軽くなっていくのを実感した。たとえ日常的に意識せずとも、目に映るモノ、管理するモノが減ったぶん、脳の負担が軽くなったのかもしれない。

あとまわしにした段ボール箱は部屋の隅に寄せ、帰ってきてすぐに寝られるようにしたあと、さて、とつぶやいて立ち上がった。

そろそろ出かけないと約束の時間に遅れてしまう。

でもいつものように、めんどくさいな……、という気持ちが膨らむ。引っ越し祝いをしてくれる気持ちは嬉《うれ》しいのだけれど、正直あまり気乗りはしなかった。

人と会う用事があって外に出かけるときは、内容にかかわらずいつも億劫《おっくう》に感じる。気乗りしない用事であればなおさらだ。でも断ったり遅れたりしたらそれはそれで心に負荷がかかり、かえってもやもやとした嫌な気持ちを抱えてしまう。それにめんどくさいと思うのは家を出るまでで、出かけてしまえばわりと平気になるのだ。

今日会うのは嫌な相手ではない。むしろめちゃくちゃいい子なのだ。

ただ、いま、このタイミングで会うのは……、とわたしが勝手に思っているだけで。

🐾

伝えられた荻窪《おぎくぼ》の焼き肉店には数分前に到着した。

店員に案内された個室に入ると示野《しめの》ナゴミはすでに来ていて、愛敬《あいきょう》たっぷりに手を振ってくる。

「あっ、お久しぶりですー」

「お疲れさまです。今日は本当にありがとう。引っ越し祝いとかしてもらって」

「なに言ってんですかー。敬愛する先輩のためならそれくらいさせてもらいますよー」

会社の後輩、というわけではない。わたしにとっては唯一と言ってもいい、リアルで交流のあるマンガ家仲間だった。

たしか二十五歳。わたしより八つも年下だ。一年ほど前に初めて会った。猫っぽいけれど人なつっこく、かわいらしい子だな、というのが第一印象で、その印象はいまもまったく変わっていない。

もともと「七五三《しめ》なごみ」という人を食ったようなペンネームで活動していたらし

い。しかしプロデビューにあたり「読みにくい名前はマイナスに作用するかも」と編集者に言われ、加えて「狙いすぎの名前はあとあとキツくなるかも」と彼女自身も考え、いまのペンネームになったと聞いている。

本名は知らないし、それは聞かないのが不文律のような感じはあった。

「十倉《とくら》さんはお酒飲みましたっけ」

メニューを差し出しながら示野が言い、気恥ずかしさとむず痒《がゆ》さがない交ぜになった気持ちになる。

自宅にあった大量のグッズとともに断捨離したつもりなのに、まだ離れてはくれないしがらみ。

十倉ゆめの――。

それがわたしのペンネームだ。ペンネームだった、と言うべきか。

本名の倉橋結芽を少しもじっただけの名前だが、けっこう気に入っていた。宝塚《たからづか》歌劇団の人ですか？　みたいなゴリゴリに着飾った名前は趣味じゃなかったし、そこそこにかっこよくて、ペンネームで郵便物が届いてもぎりぎり恥ずかしくない。ま、編集部からの郵便物はふつうに本名で送られてくるのだけれど。

周りの人間に「十倉さん」と自分でつくった名前で呼ばれるのは意外にあっさりと慣れるものだけれど、最初に編集者にそう呼ばれたときはやっぱり嬉しかったものだ。

たかだか数年前のことなのに、ずいぶん昔のことのように思える。

「ちょっとだけね。あんまり強くはないから」

「そうでしたね。じゃあその代わり、じゃんじゃん好きなの食べてくださいね。今日はわたしの奢《おご》りですから！」

示野は嬉しそうにメニューをぽんぽんと叩《たた》いた。

「いや、LINEでも言ったけどそれは申し訳ないって。ちゃんと半分出すから」

「なに言ってんすか！　今日は十倉さんのお祝いなんですから。それとも後輩に奢られるのは嫌ですか。沽券《こけん》に関わりますか」

「いや、べつに、そういうわけじゃないけど」

「じゃあぜんぜんなにも問題ないじゃないですか。さっ、さっ、じゃんじゃん頼みましょっ」

焼き肉というのはいろいろとやることがあっていい。

次にどれを焼くか、そろそろ裏返しても、これもう焼けてるんじゃない、生焼けかも、焼きすぎた、これはわたしが育ててるお肉だから等々、しゃべる内容に事欠かず、変な間ができることがない。

それにやっぱりお肉を食べると幸せな気持ちになる。

最近ハマっている食べ物、先日あった不思議なこと、新居である猫目荘のことなど、焼き肉を食べながらたわいのない会話をつづけた。

人と話すのはやっぱり楽しい。出かける前の億劫さはどこへやら、心の底から楽しい時間がすぎていく。ただ、意図的かどうかはわからないけれど、お互いマンガの話は避けていたような気がする。

もしお互い意図的だったとしたら、最初に禁を破ったのはわたしのほうだ。ふだんは飲まないお酒も入っていたし、会話が楽しすぎて、ついなにも考えずに尋ねていた。

「連載はどうなの。相変わらず順調？」

「そっすねー。まあ、おかげさまで人気はつづいてます」

自分で聞いておいて、胸の奥がわずかに疼《うず》いた。まるで傷口に自ら塩を塗り込むようにわたしはつづける。

「アニメ化もありうるんじゃない？」

「いやぁ、さすがにその話が来るには売上の桁《けた》がひとつ足りないっすよ」

「そうかなぁ。『きょうそと』くらい売れてたら充分可能性はあるんじゃない？」

彼女の連載作品『きょうはおそとでごはんを食べよう』の略称だ。

「なってくれたらわたしも嬉しいんですけどね。でも、そういうのってこっちが期待してどうなるものでもないですし、考えないのがいちばんです」

「たしかにね。さすが、売れてる人は心持ちが違うなー」

「なに言ってんすか！」

示野は笑う。少なくともはた目には、その笑いに他意は感じられなかった。

さすがにさっきのセリフは僻《ひが》みっぽいよなぁ、と自分で自分が嫌になる。

示野はわたしの一年くらいあとに、同じレーベルでデビューした。

お世辞にも大手とは言えないものの、それなりに名の通った、古くからある出版社である。イメージとしてはほぼマンガ専業のようなところで、その出版社が運営するウェブとアプリ媒体のマンガレーベルだ。

示野はそこでグルメ要素を絡めつつ、性の多様性を描くいまどきの恋愛マンガを連載し、これが一気に人気作となった。当然のように単行本が発売されたうえに増刷を重ね、順調に売れっ子への道を歩んでいる。

わたしはそこでデビュー作となった読み切りを掲載したのち、連載を二本させてもらったが、まるで人気が出ず、閲覧数も底辺をさまよい、いずれも早々に打ち切りとなった。電子書籍にはなっているものの、いずれも紙の本にはなっていない。

SNSで繋《つな》がっている同業者が単行本の発売を告知するたび、重版を報告するたび、心は黒く染まっていった。おめでとうとリプを送るたび、いいねを押すたび、心の奥からは呪詛《じゅそ》の言葉が浮かび上がってきた。

いまはもうSNSから距離を取り、そういうのもなくなったけれど。

ところで――、と示野が表情を変えてわたしを見つめる。もうマンガの話は解禁ですよね、先に聞いてきたのはそっちですからね、と言わんばかりに。

「十倉さんはどうなんですか、次の作品。なかなかうまく進まない感じですか」

彼女は今日、それが聞きたかったんだろうな、と思う。わたしがSNSから離れたことも、とっくに気づいているだろうし。

うん、と生返事をして、黒い焦げが目立ちはじめた網を見つめる。

わたしの心もすっかり黒く焦げついてしまった。黒くなった網が交換されるように、結果の残せなかったマンガ家は、将来性のある新人と交換させられる。才能の限界が見えてきた者より、未知数なぶん可能性を秘めた人間に投資したほうが期待値は高い。ビジネスとしては当然の選択だ。

「はっきり言うとさ、マンガはもう描かないつもり」

怪訝《けげん》そうに目を細める示野が視界の端に映ったが、気にせずつづける。

「いや、この言い方は偉そうだったね。つづけたくても、描かせてもらえる場所はもうないんだから」

「言ったんですか。担当さんがはっきり、そういうことを」

「そういうわけじゃないけどさ。担当さんも、なかなか言いにくいだろうし。でも、もう、無理なんだってのはわかった」

わたしの描くマンガには軽さがない。

それはよく言われたし自覚もしていた。それも魅力のひとつであり長所ではあったが、少なくとも「いまどき」ではなかったし、欠点ともなり得た。それも致命的な。

最初は人が持つ情念のようなものをホラーテイストで描いていた。それが自分の持ち味だと思っていたし、実際に素人時代は一定のファンがついていたのだ。

しかし商業ではさっぱりだった。レーベルの客層と合わなかったといえばそれまでだが、フックに乏しく、刺さる人にしか刺さらない作品だったとは自分でも思う。

担当編集者と何度も話し合いを重ね、二度目の連載ではホラーテイストを弱め、いまどきの売れ線要素をちりばめたものをつくったが、結果は一作目以上にひどいものとなった。自分の「売り」をどこまで残すのか、どこまで市場におもねるのか、わたしも担当さんも答えを見つけあぐねていた。その結果として中途半端なものになってしまった。

たぶん、いちばんやってはいけないことだったんだろう。でもそれは時間が経って、冷静に振り返って初めてわかることだ。

三回目の連載に向けて担当さんからは「思いきってもっと売れ線に寄せて、恋愛やグルメ要素を中心に描いてみませんか」と言われた。

まずまっさきに、次のチャンスもいただけるんだ、というのが意外だった。それくらい二度目の連載のコケっぷりはひどかったのだ。振り返ってみれば、担当さんもこの失敗に対する責任を感じていたのかもしれない。

ただ、恋愛もグルメも正直まるで興味がなかった。

まともな恋愛経験はなかったし、自分の容姿や性格に自信が持てないからか、昔から恋愛には興味がない。恋愛マンガを読んだことがないわけではないけれど、周りの人ほどにはハマらなかった。

おいしいものを食べるのは好きだけれど、自分で料理はしないし、食にこだわる気質はまるでなく、有名店に並ぶ気も、珍しいものや高いものを食べたいとも思わない。八百円を超える料理は全部「おいしい」で、千円と一万円の料理の差がわからない。むしろ八百円くらいがおいしさのピークじゃないかと思う。それ以上の値段の料理は箔《はく》ばかりが目立って、純粋に味わえない。

そんな人間が恋愛ものやグルメものを描いて読者の支持が得られるとは思えなかった。本気で恋愛を楽しめる人、本気で食にこだわる人が描くマンガを超えられるとは思えなかった。

読者はバカじゃない。取って付けたような売れ線要素などすぐに見破られ、逆効果じゃないかと思えたけれど、二回失敗したマンガ家がなにかを言えるわけもない。

自分なりに考えて言われるがままの企画を考えたものの、担当さんの返事は重たいものだった。そうして二度三度どころか四度五度と「練り直し」という名の迷走がつづき、自分たちがどこに向かっているのか担当さんもわたしもわからなくなった。「いったんゼロベースに戻して仕切り直しましょう」と言った担当さんは方向性ともにやる気を見失っているのも明らかで、わたしとしても可能性を見出《みいだ》すことができなかった。

失礼な物言いかもしれないけれど、この編集者とこれ以上仕事をつづけても作品がかたちになるとは思えなかったし、いいものがつくれるとも思えなかった。

ひと言であらわすなら、疲れた、のだ。

過去にヒット作も手がけているし、けっして能力のない編集者ではなかったと思う。けれど、相性というのはある。たまたま歯車が嚙《か》み合わず、それを修正できないまま突き進んでしまったのかもしれない。

以来、担当編集者に連絡は取っていないし、向こうからこちらの様子を窺《うかが》うメールも届いていない。マンガ家に引退などという明確な区切りがあることはまずなく、ほとんどがフェードアウトであるとも理解している。

示野はなぜか怒ったような顔で黙り込んでいて、仕方なくわたしは言葉をつづけた。

「わたしはさ、もともとマンガ家には向いてなかったんだよ。それはプロになってからしみじみ実感させられた」

「向いてない人がプロになんてなれないですよ。それってプロになろうと本気でがんばってる人に失礼じゃないですか」

「ああ、たしかに。訂正するよ。わたしはプロのマンガ家には向いてなかった」

「そんなわけないですよ。十倉さんのマンガはおもしろいですよ。二作目は、まあ、たしかにちょっとあれでしたけど、一作目はめちゃくちゃすごかったです。わたしは十倉さんのマンガを読んで、ここで描きたいって、ここに応募しようって思ったんですから」

版元の主催するイベントで初めて会ったときにも言われた言葉だ。驚いたし、やっぱり嬉《うれ》しかった。もちろん声をかけてきたのは示野だったし、それがなければこうしてオフでも会うような仲にはならなかった。

「それは嬉しいとは思ってる。でも、売れなかったのは事実だし」

「わたしはそれが不思議でしょうがないんです。たぶん、ですけど、みんな気づいてないだけですよ。まず読まれなければ、いいも悪いもわかんないじゃないですか。売れ線的な要素は少ない作品でしたし」

もしも多くの人に読まれていたら作品の評価がどうなっていたかはわからない。でも、問題の本質はそこじゃない。

「それを含めて結果がすべてだよ。それがプロの世界だと思う。いい作品なのに読んでもらえなかったから、なんてのは言い訳にもならないよ。閲覧数が伸びなかったのは事実。人気を得られなかったのは事実。それはやっぱりプロとして失格なんだ。売れる作品が描けない人間は、プロの世界に居場所はないんだよ。それはもうどうしようもない事実で――」

「まだわからないじゃないですか」示野は挑むようにわたしを見つめた。「十倉さんのマンガをおもしろいって思う人はいますよ。現にわたしがそうなんですから。なんでそうやって決めつけるんですか」

イラッとする。

自分の興味が、世間の興味と合致していた人間が、そうでなかった者の苦悩を理解できるか。

昔からわたしはそうだった。人気になる作品のおもしろさが理解できず、いつも首をひねっていた。斜に構えていたわけじゃない。思春期のころはそれも多少あったかもしれないけれど、大人になって、色眼鏡なくまっさらな気持ちで臨んでも同じだった。つまらないとは言わないものの、なんでこんなありきたりな凡作が大ヒットするのかと憤りすら覚えた。

例外がゼロだったわけじゃない。でも、少なくともわたしが描くフィールドではそうだった。自分には売れ線は無理だと悟り、周りは気にせず、自分がおもしろいと思う作品を突き詰めようと思った。

プロとしてデビューはできたのだから、結果としてその戦略は間違ってはいなかったはずだ。でもその性質は、プロとしては致命的な欠陥を孕《はら》んでいた。もちろん好き嫌いすらねじ伏せる圧倒的才能があれば違っただろう。けれど、わたしはそこまでの器じゃなかった。

わたしレベルの人間に必要だったのは、人とは違う独自の感性ではなく、多くの人と同じありふれた感性だった。

気持ちを落ち着けるように網の上から肉を取った。

焼きすぎて黒っぽくなってしまった肉を気にせず口に放り込む。肉の旨《うま》みと焦げの苦さが打ち消し合って、けれど数学のようにゼロにはならず、おいしいのかまずいのかわからない怪奇な味が口のなかでぐちゃぐちゃになっていた。まるでいまのわたしの気持ちのようだ。

「示野さんが、わたしのマンガを好きだって言ってくれるのはすごく嬉しい。光栄だし、この感謝の気持ちをどう伝えればいいのかわからない。でも、申し訳ないけど、わたしの気持ちは変わらないよ。というか、状況は変わらない。べつに僻《ひが》んで、悲観して、もう描かないって自暴自棄になったわけじゃない。客観的に、冷静に見て、もういちど挑戦してもうまくいく未来が見えないんだ。それはわたしも担当さんも同じだったと思う。それがリアルな現実だよ。かといって、再起をかけて別の場所でがんばろうって気にもなれないんだよね。もう、三十三だしさ。ただでさえデビューが遅かったのに、まあ最近はそうでもないんだろうけど、どっちにしろこの歳で再デビューを目指すのもね。

　消化不良感がないわけじゃないけど、わたしはわりと満足してるんだ。負け惜しみとかじゃなくてさ。子どものとき、高校生のときに封印したマンガ家になる夢。それを二十五歳から再び目指しはじめて、ほんとにプロになれたんだから。それだけでもすごいことだし、誇っていいことだと思う。夢の賞味期限は、ここまでかなって気持ち。だからさ、わたしは充分納得したうえで、これで終わることにしたんだ。それは、わかってくれると、嬉しいかな」

　すべて、嘘偽りのない本音だったと思う。

　だからこそ言ってから、すごく恥ずかしい気持ちになった。

　示野は納得いかない目で、けれどなにも言わず、肉も載っていないのに無駄に炙《あぶ》られつづける網を睨《にら》みつけていた。

　火を止め、気恥ずかしさをごまかすように「網、替えてもらおうか」と言った。

「まだ、食べるでしょ」

　示野は怒ったような表情のまま、こくりとうなずいた。

それから再び暗黙の了解としてマンガの話題は禁忌となり、多少のぎこちなさは残しつつも雑談をつづけた。最初のような無邪気さはさすがに無理だったとしても、はた目にはふつうに仲のいいふたりに見えたのではないかと思う。

彼女と会うのは今日が最後だということはわかっていた。歳も離れているし、仕事とかけ離れたところで結びついたと言えるほどの仲でもない。

最後の会計の段で、示野は自分が払うと言って憚《はばか》らず、わたしは素直に甘えることにした。

別れ際、もし彼女が今後超のつく売れっ子になったら、今日の食事はいい自慢話になるかなと、卑下とか自虐とかではなく、純粋な感慨として思った。

朝か……。

茶色く、等間隔に板の切れ目がある天井を見上げ、猫目荘での最初の朝を迎えたことを知覚する。やっぱり前の部屋より寒いな、とぶるりと震えたあと、曲げたひざが、ゴッ、となにかにぶつかった。

「ふおおおぉぉおぉぉ」

絶叫をこらえ、ひとり悶《もだ》える。

段ボール箱に立てかけた折りたたみテーブルがすぐ横にあり、そこに足をぶつけたのだ。しかも折りたたんだ脚の角にひざがクリーンヒットして猛烈に痛い。

なんで寝床のすぐ横にこんな危険なものをと、昨晩の自分を恨む。せめて平らな天板をこっちに向けて立てかけておけよと。

ひざの痛みのおかげか、やっぱり緊張もあるのか、ふだんよりもかなり早い起床時刻だったにもかかわらず、すっと目は覚めた。

手早く朝の支度をしたら朝食の十五分前で、さすがにまだ早すぎるかと思ったものの、部屋にいても落ち着かないので下に降りることにした。大家はすでに朝食の準備をしているだろうし、食堂で待つほうが気が紛れる。

台所には小金井と降矢、ふたりの大家がいた。

「おはようございます」

「あっ、倉橋さんおはようございます。早いですね」

降矢とともに、小金井も爽《さわ》やかに挨拶《あいさつ》をしてくれる。

「おはようございます。昨晩はよく眠れましたか」

「あ、はい。予想以上にぐっすりと。このへんは夜は静かでいいですね」

前のマンションでは騒音にけっこう悩まされた。片側一車線の生活道路以上、大通り未満の道路に面していて、深夜でも通行量がゼロにはならなかったためだ。一般的な乗用車はぜんぜん気にならないのだが、信号が近くにあるためか大型車の停車や発車時の排気音、鉄材などの積み荷による激しい金属音で安眠を妨げられるのは日常だった。加えて、深夜に爆音をまき散らすバイクには殺意を覚えたものだ。

「はは、たしかに」小金井は手を休めることなく笑った。「それがここのいいところであり、駅が遠いという欠点でもあるんですけどね」

猫目荘は杉並《すぎなみ》区の、JR中央《ちゅうおう》線と西武新宿《せいぶしんじゅく》線に挟まれた場所にある。そして両線にある四つの駅のほぼ交点にあり、どの駅に向かっても絶妙に遠いという嫌がらせのような立地だ。もっとも静岡県の田舎町で生まれ育った人間にしてみれば東京の駅間はやたら短いわけで、不便と感じるほどでもない。

食堂と台所を隔てるカウンターのところで所在なく立っていたからか、降矢が言う。

「どうぞ座ってください。できましたらお持ちしますから」

「えっと、まかないは各自がカウンターで受け取る方式じゃなかったでしたっけ」

昨日の説明ではそうだったはずだ。

「まあそうなんですけど、そこでずっと待ってもらうのも申し訳ないですし」

ありがとうございます、と言って素直に席に着こうとしたところで、はたと振り返る。

「えっと、どこに座ってもいいんですか」

「あっ、そうでしたね。原則として席は決まってなくて、来た人から好きなところに座ってもらったらいいんですけど、なんとなく固定されちゃうんですよね」

席は六つで、入居者も六人。わたしの入居ですべての部屋が埋まったとも聞いている。人数も少ないし、入居者が頻繁に入れ替わるわけでもないわけだし、自然と席が決まってくるのは理解できた。

降矢に教えてもらった「空いている席」は、入口から見て奥側にあるテーブルの短辺、いわゆるお誕生日席だった。なんだかちょっと目立つ感じであれだけれども、これぱかりはしょうがない。

席に座り、朝食をつくるふたりをぼんやり眺めていると新鮮な感動に包まれた。

こうやってテーブルに座って待っていれば、食事が用意される。実家にいたときは当たり前のことだったけれど、あらためて贅沢《ぜいたく》なことだよなと思う。

ふいに小金井の鋭い声が響いた。

「降矢さん！　みそ汁！」

「あああああぁぁぁぁあ！」

みそ汁が噴いた音と、慌ててコンロの火を止める音。

「あぁぁぁ……。これ、つくり直しですか……」

「いや、さすがにそれはもったいないですしね。致命的なミスではないですし——」

小金井がちらっと視線を向けてきたので、「見てなかったですよー」と目を逸《そ》らす。さすがに口笛は吹かなかったけど。

小金井は味見をして「大丈夫でしょう」と言ったあと、降矢に「そのうち自然と体が覚えますよ」と優しく告げていた。それでも彼女は「はぃ……」としょげている。

ほどなくわたしのぶんの朝食が運ばれてきた。

リクエストした玉子焼きの存在感は予想以上だった。わたしがメインでございい！と主張するように皿の半分を占めるボリュームだ。立ち上る湯気が卵の甘い香りを引き連れて鼻腔《びこう》をくすぐる。

いただきます、と小声で言って、玉子焼きに箸《はし》を伸ばす。

ひと口サイズに切って、まずはなにもつけずにそのまま口に運んだ。

焼き立てほかほかの、そしてふっくらふわふわの玉子焼きが舌に載り、さっそく甘みを届けてくれる。口のなかでつぶすように、ゆっくり噛《か》みしめる。

大きく息を吸い、おいしぃ……と思わず言葉がこぼれた。砂糖と卵本来の甘さに加え、醤油《しょうゆ》の味つけがしっかり感じられる玉子焼き。よく焼けた黒っぽい部分がロール状になり、その適度な歯ごたえと香ばしさが絶妙な玉子焼き。

リクエストどおり、まさにど真ん中の玉子焼き。

単独で食べてもいいし、ごはんといっしょに食べても最高だ。さらに味変で大根おろしをちょいと載せて、醬油をちょいと垂らしてもまた絶品だ。日本の朝！

あと、みそ汁もなにも問題なく、むしろ実家よりおいしかった。

日本の朝を嚙みしめながら食事をしているとぽつぽつと住人が食堂にやってきて、そのたびに降矢が紹介してくれて挨拶を交わした。

最初にやってきたのは四十代の、きっちりした感じの女性。先端恐怖症で箸が使えず、すべてスプーンで食事をすると聞いていた。まじめそうで、あまり口数は多くなさそう。

次にやってきたのは二十歳すぎくらいの男性。古色溢《あふ》れる猫目荘には不釣り合いな、ニチアサの特撮ヒーローものに出てきそうなイケメンの登場に思わずたじろぐ。彼もまた物静かな人物のようで、挨拶は簡素だった。だがそれがまたいい。

そして年齢不詳の、ジャージを着ているせいかちょっとヤンキーっぽく見える女性。ハキハキしたしゃべり方、サイドを刈り上げたアシンメトリーの攻めた髪型で、自分のスタイルをしっかり持っていそうなタイプ。これまででいちばん親しげな挨拶をしてくれたけれど、正直仲よくなれるとは思えない。

つづけてやたらと陽気な男性。背が高く、マッチョでもなく貧弱でもないちょうどいい感じの体つき。登場とともにほんとに部屋が明るくなったような気さえする。とにかく楽しげなオーラを放っていて、モテそうだな、というのが第一印象だった。

無口な女性と、ニチアサの男性。アシンメトリーの女と、陽の者。

怖そうな人やめんどくさそうな人はいなくて、その点に安堵《あんど》しつつ、いろんな意味で仲よくなれそうな人もいないなと思う。でもべつに誰かと交流したいと思って猫目荘に越してきたわけではないので、むしろありがたい。

「おはようございまーす！」

やたら元気な挨拶が食堂に響いた。

住人はわたしを入れて六人なので、そういやあとひとりいた。また陽の者が来たな、と思いつつ声の主に目を向ける。

瞬間、「あ……」という声がわたしの口から漏れた。

「あれ？　わたし最後？　今日はみんな早いねー」

そう言ってカウンターに向かう女性に、降矢が声をかける。

「あ、中村《なかむら》さん。おはようございます。今日から新しい住人の方が増えてて」

中村――。やっぱり間違いない。

「あ、そうだそうだ。そうだったね」

テーブルを囲む面々にすばやく目を走らせた彼女がわたしを見つける。その瞳《ひとみ》に、若干の戸惑いが浮かぶ。

ふたり目以降は「わざわざ立ち上がらなくてもいいですよ」と降矢に言われて座ったまま挨拶《あいさつ》をしていたけれど、わたしはつい立ち上がった。

「倉橋結芽です。お久しぶりです。わたしのこと、覚えていますか?」

中村は口を開けたものの、言葉は出てこなかった。どこかで見たような気はするんだけど……、といった表情である。

「去年の夏、というかもう秋口でしたね。静岡県の沼津《ぬまづ》のお寺で、台風が来てて。夜はいっしょにすき焼きを食べて――」

「ああ!」大きな声で言って手を叩《たた》く。「はいはいはい。覚えてる、覚えてるよ! 時季はずれだったけど、たまたま実家に帰省してたとかで」

「そうですそうです」

降矢をはじめ、住人のみんなが不思議そうな顔をしていた。

「そうだったんですか。中村さんとお知り合いだったんですね」

降矢がマグカップに入ったコーヒーを目の前に置いてくれた。

「ありがとうございます。いえ、知り合いというか……まぁ、知り合いとしか言えないですけど、ほんとにいちど会っただけで」

「いやぁ、まさかほんとに猫目荘に越してくるとはね」中村はマグカップを片手に持ち、楽しそうに笑った。「去年の九月くらいだっけ？」

「そうです。九月の半ばでした」

　全員が朝食を終えたあとの食堂である。

　残り四人の住人は部屋に戻り、大家の小金井も自室に戻って、いまは三人だけだ。今日は平日だけれども、中村も午前中はゆっくりできるということで、そのまま食堂で話をすることになった。

　そして後片づけのために残っていた降矢が、せっかくだしとコーヒーを淹《い》れてくれた次第だ。その彼女が台所に戻りながら尋ねてくる。

「中村さんが、倉橋さんの実家のお寺に野宿をしたんですね」

「はい。けっきょくは野宿ではなかったんですけど、雨が降る夕方で、敷地内でテントを張らせてもらえないかって言われたんでなにごとかと思いました。そのときはまだ強い雨じゃなかったですけど、台風が近づいてきてて、夜遅くには雨も風も強くなりそうだって日で」

「ああ、そうだったそうだった」中村が中空を見上げたあと、わたしを見つめる。

「よく覚えてるねー」

「そりゃ、かなり印象深い出来事でしたから」

中村は「今夜程度の風雨は平気だが、鐘楼の土台の横で野宿させてもらえるとありがたい」というようなことを言った。多少は風が凌《しの》げるからだろう。日本中を歩いて旅しているらしく、野宿は日常のようだった。

しかし両親とも相談して、寺務所を提供することになった。狭くて古くてみすぼらしい建屋だったけれど、吹きさらしのテントよりはましだろうと。

そうそう、と中村はつぶやく。

「それでその日の夜は、倉橋さんのご両親といっしょにすき焼きをご馳走《ちそう》になったんだよね。おいしかったなー」

「覚えてます？」

「覚えてる覚えてる！　おいしい料理は忘れないって。旅の醍醐味《だいごみ》のひとつはトレイルエンジェルとの出会いだしね」

「トレイルエンジェル？」

「旅している人に食べ物や宿、トイレなんかを提供してくれる人たち。日本でも四国のお遍路さんにそういう文化があるよね。お接待、って言うらしいよ」

「それで倉橋さんは――」軽くすすいだ食器を食洗機にセットしながら降矢が再び尋ねる。「中村さんから猫目荘のことを聞いたんですか」

「そうです。夕食を食べながら旅の話を聞いて、東京の猫目荘の話も聞いたんです」

中村が旅立つ前に長く住んでいた下宿屋だということだった。

わたしが東京在住だと知り、教えてくれたのだ。まかない付きというのも、「大人の下宿屋」というコンセプトもおもしろいと思った。

それからしばらくして「十倉ゆめの」を終わらせることを決意し、同時に、猫目荘への転居を考えはじめた。

大学卒業後に上京したときから十年住んでいた部屋には、過去がこびりつきすぎていた。プロのマンガ家となったときに会社は辞めていたし、マンガ家稼業も終わってしまった。環境をいちどリセットしたいと考えた。やりたいと思いつつずっと先延ばしになっていた断捨離をする、いいきっかけにもなるかとも考えた。

そんなときに一風変わった下宿屋の話を聞いたのも、なにかの巡り合わせのような気がしたのである。

建物の古さは気にならなかったし、多少の不便はあっても朝夕のまかない付きはやっぱり魅力的だ。望まなければほかの住人と交流する必要はない、というのもありがたかった。

そうして、実家で中村から聞いた電話番号にかけた。

空き部屋があるかどうか、大家が入居を受け入れてくれるかどうかもわからない。半分ダメ元の気持ちではあった。

結果として猫目荘に入居することになったのは、たまたま縁が繋《つな》がったからだろうと思う。中村と会ったのも、猫目荘の話を聞いたのも、そのときのわたしの状況がリンクしたのも、すべては偶然だ。けれど縁が繫がったとき、偶然は必然に変わるような気がする。

しかしまさか、その中村もこの春から猫目荘に復帰しているとはまるで予想していなかった。

「中村さんは数日前に入居されたんですね」

「そうそう。だから倉橋さんと変わらないよ」

「すっかり馴染《なじ》んでいる感じです。さすがです」

「いやぁ、その前に六年くらい、できたときから住んでたからさ。住人の半分は知った顔だし、勝手知ったる猫目荘だよ。降矢さんとは初めましてだったけどね」

もろもろの状況から推察するに、彼女は最近になって大家となった新人なのだろう。

「ずいぶん日に焼けてますけど、あのあと海外に行ってたんですか。南半球とか」

「いやいや、最後は沖縄にね。三月の沖縄はほとんど夏みたいなものだし。いやさ、気づいたら沖縄を除く四十六都道府県を巡っててさ。そしたら、ま、沖縄にも行っとくかと」

「わかります。そうなるとコンプしたくなりますよね」

というか、本当に日本中を巡ったんだなと驚いた。

「いや、本当はそういうことを考えちゃダメな旅だったんだけどね」

「どういうことですか」

残りひとつで全都道府県制覇となるなら、誰だって行きたくなる。むしろそれを目標にはじめるのが、よくある姿じゃないだろうか。

「わたしもさ、昔はそういうの好きだったんだ。日本百名山を制覇するとか、御朱印を集めるとか、そういうの。でもさ、そういうスタンプラリー的な行動って、目的を見失っちゃう危険があるなって気づいて。なんて言ったらいいんだろう、わたしはこの山に登りたいから登ってるのか、それともスタンプが欲しいから登ってるのか、わかんなくなっちゃうというか。

旅の純粋性が薄れる気がして、あるときからそういうのはやめようって決めたんだ。その旅でも目標や目的地を定めず、気ままに漂泊するのがひとつのコンセプトで。でもまあ、気づいちゃったし、全都道府県を旅しましたって言えたほうが、あとあと役に立つかなっていう打算もあってさ。どんな人にもわかりやすいトロフィーだしね。七大陸最高峰制覇《セブンサミッツ》とか、軽蔑《けいべつ》してた癖にね」

そう言って中村は苦い笑みを見せた。

彼女の語った言葉は、わたしのなかにはまったくなかったもので。正直、すべてがすんなり腹に落ちたわけではなかった。コンプするのはやっぱり楽しいし、それを目的にするのは明快で、動機づけになるし、外から見てもわかりやすい指標となる。

でも、それによって目的が歪《ゆが》んでしまうのは、純粋性が薄れてしまうというのは、なんとなくわかる気がした。

そのとき食洗機が動きはじめたのか、大きなモーター音が食堂に響き渡った。

食洗機ってこんなにやかましいのかとのけぞったものの、すぐに常識的な動作音になった。うるさいのはうるさいけれど、会話ができないほどじゃない。

自分のコーヒーを片手に持って降矢もテーブルにやってきた。

「倉橋さんの入居に、そんな裏話があったとは驚きです。――いろんな人に猫目荘の話をされたんですか」

後半は中村に向けられたものだ。

「いや、そんなことはないよ。だって、東京に住んでる人以外に宣伝したってしょうがないし、そんな人はめったに会わなかったしね。たいてい田舎だったし」

「そっか。たしかにそうですよね」

「ところで――」わたしは降矢に問いかける。「降矢さんも、中村さんとはこの春からなんですね」

そのようなことを先ほど中村は言っていた。

「はい、そうです。以前からお噂は聞いていて、ずっとお会いしたかったんですよ」

「え？　そうなの？」中村が身を乗り出す。「噂って、どんな？」

「えーっと……」降矢がしかめっ面になる。「説明が難しいんですが、中村さんって人が昔住んでたって話です」

「なにそれ。よくわかんないんだけど」

「きっかけはある方のイタズラ心といいますか、そこから中村さんのことを知ったわけなんですけど……やっぱり説明が難しいです」

わたしも気になったけれど、説明が難しいのなら仕方ない。

「なぁ」

そのとき若干生意気そうな、けれどやっぱりかわいらしい鳴き声が食堂に響いた。下宿屋の猫である。「ボタンいらっしゃーい」と降矢がとろけた顔で言い、そういやボタンって名前だったと思い出す。

「倉橋さんは——」降矢がぎゅんっとわたしに顔を向ける。「猫が好きでも嫌いでもないんですよね。でもせっかくですし、ぎゅいんぎゅいんしますか？」

なにがせっかくなのかわからないし、ぎゅいんぎゅいんってなんだよ。

「ぎゅいんぎゅいんってなに？」わたしの代わりに中村が聞いてくれる。

「ぎゅいんぎゅいんはぎゅいんぎゅいんですよ。ほら、こんなふうに猫をぎゅいーん、ぎゅいーんって」

猫の背を撫《な》でるような仕草をする。

さっきから頭の悪い会話だ。猫は人類の知能を著しく減退させるための生物兵器なんだろうか。そんな頭の悪い会話のあいだにボタンはとてとて歩いて食堂の壁際に寝そべった。日の当たる場所だ。

けっきょくわたしは降矢に促され、ボタンを撫でることになった。

彼女はけっして陽キャってわけではなさそうなのだけれど、猫というかボタンの話になるとテンションがおかしくなるような気がする。猫好きあるあるなんだろうか。

気持ちよく寝ているところを人間に触られて気を悪くしないかと、おそるおそる手を伸ばす。

こういう場所で飼われているからか、ボタンは新参者のわたしが触れても平気な顔だ。毛の先に触れるようなおっかなびっくりの撫で方から、ぎゅいんぎゅいんとはいかないまでも少し力を入れてみると、ボタンは気持ちよさそうに目を細めてくれた。

手のひらからは思いのほか高い体温と、かすかな鼓動が伝わってくる。

たしかに猫はいいものだなと、わたしの顔もゆるんでくる。

同時に思う。猫はいいよな、と。

無職でも、みんながちやほやしてくれる。他者の成功を妬《ねた》んだり、自分を蔑《さげす》んだり、明日からどうしようと考えて眠れなくなったりすることもない。

年齢を聞いたわけではないけれど、降矢は三十くらい、中村は四十弱といったところか。わたしはふたりの中間で、それほど大きく歳が変わるわけではない。にもかかわらず、ふたりは会社員ではない場所で、自分の生き方をしっかり摑《つか》んでいるように思う。

それに比べてわたしは……。

二十代も半ばになってから「何者かになりたい」という青臭い夢をこじらせた結果。賞味期限の切れかけていた夢を追いかけた報い。

またぞろネガティブな感情が動きだして、無理やり意識をボタンに戻した。手のひらに伝わる毛の感触、そして体温と鼓動はやばいくらいに気持ちいい。ずっとこうしていたい。

猫は働かなくても食べ物貰《もら》えていいよな、と考え、それは違うかと思い直す。飼い猫は撫でられるのが仕事で、野生は野生で食べ物を得るのはやっぱり大変なのだ。

部屋片づけて、仕事探すか。

第二話　梅雨空に、わたしの才能どこにある

今日は雨模様なのか、食堂は朝から薄暗かった。

六月になったばかりでまだ梅雨入りは発表されていないものの、最近は雨の日が多い。

唯一の先客、新井《あらい》と挨拶《あいさつ》を交わして台所のカウンターに向かう。落ち着いた雰囲気の、スプーンで食事をしている四十代の女性だ。

朝食は新井が一番乗りで、わたしが二番目になることがほとんどだった。一方で夜のまかないは朝ほどには固定していない感じだ。わたしも遅れ気味になることがあるし、欠席する人も朝よりは多い。

カウンターに着くなり、台所にいた降矢が「ごめんなさい！」と両手を合わせて頭を下げた。またなにかやらかしたな。

「ウインナーの確認を怠っちゃいまして、冷凍のハンバーグになっちゃうんですけどいいですか?」

「ああ、ぜんぜんかまわないですよ」

おおむね数日ぶんの献立は事前に知らされているけれど、最近はほとんど気にすることもなかった。朝食はとくにそうで、今朝の献立にウインナーがあることすら知らなかったくらいだ。それでも彼女は合わせた手より頭を下げて、「ほんっと申し訳ないです」と告げる。憎めない仕草で、逆にほっこりする。

「ほんとぜんぜん。べつに今朝のウインナーだけを楽しみに生きてきたわけじゃないですから」

「助かります。以後気をつけますので」

殊勝なそのセリフも何回聞いただろう。でも個人的な願いとしては、ずっとドジっ子キャラでいてほしい。

降矢はこの四月から大家として働きはじめており、それまでは店子《たなこ》として猫目荘に住んでいたらしい。なんだか珍しいというか、そういうパターンで大家になるのもあるんだなと驚いた。もっともここは下宿屋というやや特殊な物件だし、大家というよりは民宿の従業員という感じで捉《とら》えるほうが近いのかもしれない。

越してきた当初、降矢は小金井とふたりで台所に立つことが多かったけれど、六月になったいま、少なくとも朝は降矢ひとりにまかされる日が増えていた。

どうやらもともと料理が得意だったわけではなさそうで、細かいやらかしはしょっちゅうだった。いちどは白身魚のムニエルを焦がして完全にダメにしてしまい、メインの料理だったこともあってそのときはかなりてんやわんやになったりもした。それに比べればウインナーが冷凍ハンバーグに変わるくらいなんてことはない。

降矢はまかないをカウンターに載せつつ、にこにこ顔で告げる。

「その代わりってわけじゃないですが、今朝の温奴《おんやっこ》は新作です。何度も試作を重ねて完成した、自信作なので」

「そうなんですね。楽しみです」

彼女の語るレシピを聞いて、席に着く。

見せてもらおうか、自慢の新作とやらを。

ここでの朝食にはよく温奴が出てくる。飽きずに食べられるようにかバリエーションも豊富で、今朝の温奴はチーズを載せたものだ。

チーズをトッピングしたものは過去にもあったが、今朝のそれはチーズを豆腐の上に載せてオーブンで焼いたものらしい。さしずめ焼きチーズ温奴といったところか。

正方形のチーズが豆腐を包み込むようにドロリとかぶさっている。そこに黒胡椒《くろこしょう》と刻み海苔《のり》を振りかけ、醤油《しょうゆ》が少量垂らされていた。チーズの焼き色が食欲をそそる。

チーズをひと口ぶん切り取るのに少々手こずりつつも、チーズと豆腐、刻み海苔がちょうどいい塩梅《あんばい》になるようにして口に運ぶ。

噛《か》みしめた瞬間「おお、これは！」と頭のなかのリトル倉橋が快哉《かいさい》を叫んだ。オーブンで焼いたチーズの香ばしさ、まろやかさは本能を直撃するおいしさで、豆腐との相性も不思議なほどにばっちりだ。黒胡椒、刻み海苔、醤油がけっして自己主張せず、けれど確かな存在感を持ってチーズと豆腐を祝福している。温奴の革命じゃないかと思えるおいしさだった。

焼いた代償としてチーズは切りにくく、醤油を含んだ刻み海苔はまとまりがちで、ひと口ぶんに分けるのが少々面倒だけれど、この味わいの前では枝葉末節である。

朝のまかないを堪能《たんのう》しているあいだに、ぱらぱらと残り三人がやってきた。いつもの光景だ。そう、いま住人の数は六人から五人に減っていた。といっても誰かが転居したわけではない。

最初に挨拶したとき、わたしが「陽の者」と名づけたやたら元気な青年、二ノ宮《にのみや》は、会話らしい会話を交わす間もなく四月早々にアメリカに旅立っていった。アメリカ東部の南端から北端まで歩いて縦断する「アパラチアン・トレイル」に挑戦するためである。

彼の人となりを知る前にいなくなってしまったわけだが、じつはいま、二ノ宮のことはよく知っている。彼がアメリカからときどき配信するユーチューブを見ているからだ。中村に教えられて見はじめたのである。「ロングトレイル」というスポーツというか文化があることすら知らなかったのだけれども、常識外に過酷なことを心の底から楽しそうにやっている姿が新鮮で、すっかりハマってしまった。さまざまな人との出会い、トラブル、生活スタイル、ウルトラライトという思想、そして愚痴まで、語られる道中のエピソードはどれもおもしろく、応援する意味でときおりこっそり投げ銭もしている。もちろん猫目荘の住人とは知られないようにだ。

二ノ宮は部屋を解約したわけではないそうなので――空けているあいだも家賃を全額払っているかどうかはわからないが――アパラチアン・トレイルが終われば帰ってくるようである。おそらく九月とか十月になるとか。

やっていることが中村と似ているなと思ったけれど、べつにわたしのように彼女と知り合って猫目荘にやってきたわけではないらしい。

小金井とともに猫目荘をはじめたかつての大家が山と関係が深いらしく、その人物を通じて二ノ宮は猫目荘を知って越してきたようだ。すべては中村から得た情報である。

入居から二ヵ月が経ち、他人とひとつのテーブルで身を寄せ合って食事をするのが当たり前の日常になっていた。とはいえ、あれから住人との交流が深まったわけではない。雑談を交わすのは相変わらず中村と降矢くらいで、それもたまにだ。それくらいの付き合いがわたしとしても居心地がよい。

アシンメトリーの攻めた髪型の女性、茅野《かやの》と中村の会話を聞きながら、いつもどおりわたしは黙々とまかないを食べていた。

「あ、そうそう、蓬田《よもぎだ》くん――」

ふいに茅野が、物静かなイケメンに声をかけた。珍しいことだった。

「見たよ、ドラマ。いい役だったじゃん」

ドラマ？　役？　素知らぬふりで食事をつづけながら耳に全神経を集中させる。

「ありがとうございます」

「何十年もやってる人気のドラマだよね。それに出るなんてすごいじゃん」

「ありがたいです。とはいえ、単発の出演ですから。犯人役だと今後の出番もないでしょうし」

「たしかに。にしても最近、エキセントリックな役多くない？」

茅野が笑いながら言い、蓬田も「ですね」と苦笑する。

「こういう偏りって意外とありがちで。個人的にはイメージが固まりそうで避けたいんですけど、これぱっかりはどうにも」

変わらず淡々と食事するふりをつづけながら、頭のなかでは「この人、役者だったのかー！」とリトル倉橋が大興奮していた。納得もしていた。なんかそんな感じはしてたんだよねー、でもまさかなーと思ってたんだよなー、やっぱりそうだよねー。

ありがてぇ、と心のなかでこっそり拝みながら食事をつづける。つくってくれた人には大変申し訳ないのだけれど、そのあとの食事の味はさっぱり覚えていない。

朝食を終えて部屋に戻ると、さっそくパソコンを立ち上げて「蓬田　俳優」で検索してみた。

今日の仕事は昼前の入りなので、朝はのんびりできる。

転居後、駅近くにある牛丼チェーン店で働きはじめていた。どうせアルバイトなんだから自宅から近ければ正直どこでもよく、とはいえ面接で容姿を値踏みされそうなおしゃれな店で働く気にはなれず、行き慣れたチェーン系飲食店がわたしには分相応だろうと。

会社員時代に貯めていたというか貯まっていた貯金はマンガ家時代にかなり目減りしたものの、まだある程度は残っている。しかし働かなければみるみる減っていくし、部屋に籠《こ》もるのも精神衛生上よろしくない。

今後の身の振り方はまだまったく考えられていなかった。

再就職を目指すのか、アルバイトと並行してイラストレーター系の道を探るのか。いずれにしてもまだしばらくはなにも考えたくなかった。再就職を目指すにしてもどうせマンガ家時代は事実上の空白期間だし、いまさら焦ってもしょうがない。

結婚はまるで考えていなかった。べつに三次元がNGってわけではなかったけれど、心の底から好きになり、この人となら一生を共にできると思えるいい男が自分のことを好きになってくれるなんて、天地がひっくり返ってもありえない。かといって希望を下げて下げて、妥協を重ねて重ねたしょうもない男に好かれるために努力するなんて御免こうむりたい。婚活なんかしたって惨めな気分になるだけなのは目に見えている。

プロデビューのときに新調した、たぶんこの部屋でいちばん高価な高性能パソコンはあっという間に検索結果を表示してくれる。これくらいべつにノートパソコンでも変わんないだろうけど。

ヨモギダの漢字表記は彼宛の郵便物をたまたま目にしたことがあるので――重ねて言うが本当にたまたまだ――間違いないはずだった。芸名を使っていて本名未公表なら検索に引っかからない可能性はあったが、表示された画像は間違いなく毎日顔を合わせる「猫目荘の蓬田さん」である。

フルネームは「蓬田龍大《りゅうだい》」。

まずはウィキペディアをクリックし、最初に書かれている情報にざっと目を通した。

わたしは小さく首をひねる。

本名の記述はなく、本名未公表だとも書かれていなかった。「蓬田龍大」なんていかにも芸名っぽいけれど、猫目荘でも「蓬田」と名乗っている以上、本名なんだろうか。下の名前だけ芸名として変えている可能性もあるか。

そんなことをつらつら考えながら画面をスクロールさせていたとき、「ああ！」と叫び声が漏れた。反射的に肩をすくめて周囲を見やる。猫目荘の壁は薄いので大声は厳禁である。

以前観劇した二・五次元舞台に出演しているではないか。

女子に圧倒的な人気を誇る少年誌系マンガの舞台である。

推しキャラの役ではなかったし、というかどちらかというと興味のないキャラ役だったし、そんなに目立つ役どころでもないのでまるで印象に残っていなかった。役者の名前も覚えていなかった。

そうか、あの人、あの舞台に立ってたんだ。

尊い……。画面を拝む。猫目荘に引っ越してきてよかった。推しキャラじゃないからって印象に残ってなくてごめんなさい。

そんなささやかな喜びに浸っていると無粋な着信音が鳴った。スマホに表示された名前は「母親」。

めんどくさいな、と一瞬思ったものの、あとでかけ直すほうが面倒なので電話に出る。「結芽です」と答えると、「ああ、やっと出た」と母親の声が聞こえた。わりとすぐに出たと思うが？

「いま大丈夫？　どこにいるの？」

「えっと、もう会社だけど、まだ始業前だから大丈夫だよ」

反射的にそう答えてからまだ朝の七時台だったことに気づき、出勤早すぎだろ！と自分で自分に突っ込んだ。

会社を辞めたことも、マンガ家になったことも両親には伝えていなかった。電車や雑踏の音がないのは不自然だなと考え、咄嗟《とっさ》に「もう会社だけど」と答えてしまったのだ。出勤前でもぜんぜんいけたのに。

めっちゃ早めに出勤する意識高い系か、始業前に会社で片づけたい仕事があって早朝出勤した社畜、で通すしかない。

〇・二秒のあいだにセルフ突っ込みをして言い訳を紡ぎ善後策を練ったものの、それらすべてを無に帰する母親のひと言。

「あなた、会社辞めたんじゃないの？」

――!?

なぜ？　なぜ？　なぜ？　どうしてわかった。どこから漏れた。母親はどこまで知ってる。もしかして鎌をかけてきた？　どうすればいい。どう答えるのが正解か。

超高速で思考を巡らせた末に出てきた答え。

「えっと、どういうこと？」とりあえずしらを切る！

「どうもこうもないわよ。会社の人からうちに電話がかかってきてさ、聞いたら三年以上前にあなた辞めたんだって？　お母さんぜんぜん知らなかったからびっくりしたし、あわあわしちゃって、恥ずかしいったらありゃしない」

話によると、どうやらいまになってわたしの私物が会社で発見されたらしい。庶務の担当者はわたしに電話連絡を試みるも、固定も携帯も電話番号が変わっていて通じなかった。そこで実家のほうに連絡がいったようだ。

上京とともに住みはじめた前の家ではインターネットとセットで契約した固定電話回線を引いていたが、今回の引っ越しを機に解約していた。

携帯電話は退職から半年くらい経って、月額千円くらいの格安キャリアに乗り換えたときに電話番号を変えている。当時、電話番号を変更せずに転出するにはけっこうな手数料を取られたからだ。

そのときすでに通話料のかかる電話回線を使用する機会は激減していて、友人知人は電話番号すら聞かないことが増えていた。番号が変わってもほとんど支障がなかったのだ。身分証明や手続きに必要なので電話番号を持たない生活は難しいが、以前ほどには重要でなくなっている。

しかしまさか、辞めて三年以上経った会社から電話がかかってくるとは思わなかった。もう少し早く、猫目荘への引っ越し前なら固定電話が生きていたのに、なんという間の悪さ。

「ああ、えっと、うん、そうなんだよね。伝えなきゃとは思ってたんだけど、タイミングを逃したり、すっかり忘れてたりで。いやぁ、ごめんごめん」

「ごめんじゃないわよ。タイミングもなにも、そんなの電話すりゃいいだけじゃない。LINEでもいいし」

「そうなんだけどさー。やっぱりこういうのはちゃんと話すべきかなと思って」

「去年帰ってきたとき、なんで言わなかったのよ」

「いや、だから忘れてたんだって」

「嘘おっしゃい。仕事の話してたじゃない。あの、旅してるとかってうちで野宿した、変わった女の人と食事したときもさ」

うん、した。たしかにした。両親の前だからマンガ家やってるとは言えず、しかもそれも廃業寸前で、なんでわたしは冷や汗をかきながら嘘の仕事話をしているのかと思っていたのをよく覚えている。

中村が猫目荘の話をしたのはたしかそのあとだった。もしかすると彼女は、わたしが嘘をついていると見抜いていたのかもしれない。人生に行き詰まったわたしの現状をそこはかとなく察したのかもしれない。環境を変えるべきだという誘い。あるいは中村がその時点で猫目荘への復帰を考えていたならば、よかったら相談に乗るよ、という遠回しな言葉だった可能性もある。

「──ちょっと結芽、聞いてるの？」

「ああ、うん、聞いてる聞いてる」嘘。考えごととして聞いていなかった。

「だから、いまなにしてるのよ？」

「なにって、ふつうに仕事してるって。会社にいるって言ったじゃん」

ここはもう嘘を突き通すしかない。

「どんな仕事よ」

「どんなって、前と変わらないって。業務用ソフトをつくってる会社の事務だって」

業種を変えると、つく嘘が増えてしまう。「前の会社より給料とか福利厚生とかよくて、だから転職しただけ。キャリアアップだよ、キャリアアップ」

「お母さんよくわからないけど、そういうのもキャリアアップって言うの？」

「広い意味でね。とにかく、それだけの話だから。わたしは元気にやってるし、心配しなくていいから」

「ほんとね。お母さん信じていいんだよね？」

「心配しなくていいって。わたしが嘘ついたことある？」まあ、いっぱいあるけどな。

「わかったわよ。今日はそれで納得しとくから、今度ちゃんと説明してちょうだい。お父さんにもね」

「わかった、わかったから。今度帰ったときにね。それよりその電話してきた人の名前と連絡先、聞いたんでしょ。こっちから連絡するから。っていうか、わたしが会社に忘れてた私物ってなに？」

さっぱり見当がつかない。

「電卓みたいよ。わりと高級なものだとか」

どうでもいいわ！

そうだ、会社から支給される電卓があまりにヘボくて使いにくくて、自腹で買って置いていたんだった。たしかにそこそこ高級な代物だったし、目立たぬ場所ながら「倉橋結芽私物」とテプラで貼っておいた。しかしいまさら使うあてはないし不必要なものである。勝手に誰かが使うなり廃棄するなりしてくれればいいものを。会社としてはそういうわけにもいかないのか。忘れていたわたしが悪い。

事務的なやり取りを済ませて母親との通話を終える。

通話時間を表示する画面を見つめ、特大のため息をついた。

大卒で就職した人間は二種類に分けられる。

新卒で入った会社を勤め上げるか、途中でリタイアするかだ。

向上心を持って転職を繰り返し、キャリアアップする人もいるんだろうが、マンガ家への転身はキャリアアップとは言えないだろう。

やっぱりわたしは逃げ出したのだ。逃げて、でも、うまくいかなかった。

悪い会社ではなかったと思う。ただ、仕事はただひたすらにつまらなかった。仕事とはそういうものだし、つまらないからお給金が貰《もら》えるんだ、と言われれば反論する術《すべ》はない。会社にしてみれば言いがかりみたいなものだろう。でも、あと何十年もこんな仕事をつづけるのかと考えると絶望的な気持ちに襲われた。

当時はただひたすら社会を恨んだ。

なんで二十二そこらの若造のころに、今後の人生を左右するいちばん大きな分岐点がやってくるのかと。こんなの絶対に間違っていると。

もちろん世の中を嘆いたところでどうしようもなく、わたしはマンガに逃げ道を求めた。そうしないと、本気で心が壊れるんじゃないかと思ったのだ。

かつて夢見て、けれど高校生のときに封印したマンガ家への道。

当時は手描きだったが、道具類はすべて捨ててしまっていたし、いまからやり直すならデジタルのほうがいい。ボーナスでパソコンやペンタブレットや作画ソフトなど一式を揃えた。忘れもしない、二十五歳の六月だ。

　仕事はつまらない代わりに長時間拘束されることはなく、自分の時間のほとんどはマンガに注ぎ込んだ。遊び回る性分ではなかったし、友達は少なく、男もいない。時間はたっぷりあった。この無間地獄から抜け出すためにはマンガしかないのだと追い詰められてもいた。

　でも実際、創作活動は驚くほどに楽しかった。会社にいる八時間は五十時間にも感じるのに、絵を描いているときの八時間は一瞬で溶けた。本当に溶けるようだった。ものをつくるのが自分にとって至上の幸福だと再確認したし、これで生きていきたいと心の底から願った。

　いろいろやった。SNSにイラストやマンガを投稿したり、イラストサイトに作品を上げたり、同人誌即売会に参加したり。

　最初の一、二年はほとんど誰にも相手にされなかったが、それでめげるようなやわな逃避じゃない。時間を惜しまず研鑽《けんさん》をつづけ、ペンタブにも慣れ、錆《さ》びつき、時代遅れになっていた作画技術も少しずつ向上していった。

　作画も、ストーリーも、演出も、自分でもどんどんクオリティが上がっているのが実感できたし、それに伴って少しずつファンと呼べる人もついてきた。

自信もついてきて、自分の描きたいものも固まってきたタイミングで、出版社が運営するウェブ媒体のマンガレーベルに、オンライン持ち込みをしたのである。そして二度目に送った作品が評価され、担当がつくことになった。

その応募作をベースに、担当編集者と何度もやり取りをしてブラッシュアップを重ね、まずは読み切りとして掲載されることが決まった。読み切りとはいえちゃんと原稿料は発生するし、商業デビューと呼べるものだった。

それが決まった時点で、わたしは辞意を会社に伝えた。

わかっていた。生き残るのがどれほど厳しい業界なのかを。デビューするより、十年つづけるほうがはるかに難しいことも。

そもそも読み切りが掲載されても、必ず連載に繋《つな》がるわけではない。読み切りを何本か発表したものの、連載を勝ち取れないまま消えていく人など掃いて捨てるほどいる。仮に連載ができても、人気が出なければ打ち切りになる。そういう世界だ。

自分を天才だと過信していたわけではない。デビューできたこと自体が奇跡みたいなもので、いくつもの幸運が重なった結果だともわかっていた。

それでも、退職以外の選択肢はわたしのなかになかった。

退路を断って、などという覚悟ではない。会社から逃げ出す口実を得るために、自分への言い訳をつくるために、わたしは再びマンガを描きはじめたのだ。

けれど、夢の時間は終わった。

悔しかったし、心残りは間違いなくあったけれども、二作も連載をした結果だし、納得はしていた。

わたしはプロとしてデビューする力はぎりぎりあったかもしれないが、売れっ子になる実力は、プロをつづけられる力は、なかったというだけだ。そのほうがありふれている。

会社を辞めたことの後悔はなかった。たとえどう転んでも、遅かれ早かれわたしは退職していたと思えるからだ。あの道の先にわたしの人生はなかったと断言できる。

束《つか》の間、夢を見られただけでもわたしは幸運だ。

それは負け惜しみとか、言い訳じゃなく、心からそう思えるのだ。わたしみたいなものが分不相応な夢を見させてもらった。シンデレラにかけられた魔法が深夜零時に解けたように、分不相応な夢は長つづきしない。ただそれだけの話だ。

通話時間を表示していたスマホの画面が消え、黒い鏡に冴《さ》えない女の顔が映る。

束の間の夢を見た代償として「三十三歳フリーター」の称号はなかなかにヘビーだけれど。

アルバイトを終えて猫目荘に帰ってくると、玄関の上がり框《がまち》のところにボタンがいた。おかえり、と言うようにわたしを見て「なぁ」と鳴く。

「ただいまー」

上がり框に腰かけ、ボタンの頭を撫《な》でる。

「今日も疲れたよー」

頭から背中へと手のひらを動かす。わたしの撫で方にはまだ少しぎこちなさが残っているけれど、ボタンは気持ちよさそうに目を細めてくれた。手のひらからは体温とともに幸せ成分が供給され、わたしもまた心地よくなる。

「今日もめんどくさい客がいてさー。ああいう人ってなんなんだろうね。人を不快にさせないと死ぬの？」

愚痴りつつも、ボタンを見ていると顔はほころぶ。

牛丼屋もシステム化が進んでいて、注文は券売機だし、水やお茶はセルフ、客との接点はカウンター越しに料理を渡すときだけだ。

それでもめんどくさいこと、自己中心的なこと、わけのわからないことを言ってくる客は一定数いて、イライラさせられる。往々にしてそういう客は店員を見下すような態度で、横柄な言葉遣いで、「他人を不快にさせないと死ぬ呪いにかかっているのか」と本気で勘繰ってしまうくらいだ。

あごの下を掻《か》くように指を動かすと、ボタンは恍惚《こうこつ》の表情であごを突き出してくる。くー、かわいいなー。

「でもねー、意外と悪くないんだよね。少なくとも前の会社の仕事より、やってて楽しいし、充実感はあるしねー」

自分でも意外だった。それはきっと、自分の仕事が誰かのためになっていると、誰かが幸せになっていると実感できるからだろう。

会社での事務仕事だって、社会にとって必要で、誰かのためになる仕事だった。それは間違いない。でも自分の仕事の先にある「誰かの笑顔」は遠すぎて、想像することは難しかった。どうしたって実感することはできなかった。

でもいまは客席に目を向けるだけで、幸せそうに牛丼を食べる人の姿が目に入る。料理を受け取りながら「ありがとうございます」と言ってくれる客もいる。返却口にトレイを戻しながら「ごちそうさま」と笑顔を見せてくれる客もいる。自分の仕事が誰かを幸せにしていると、誰かを笑顔にしていると常に実感できる。この差は大きかった。

「まあでも、時給は安いけどねー」

再びボタンの頭と背中を撫でながら愚痴ったとき、人の気配を感じて慌てて振り返った。

階段を降りきったところに立つ中村がうなずく。

「どこも時給、安いよね。世知辛い」

渋い顔でもういちどうなずいたあと、「世知辛い、世知辛い」とつぶやきながら食堂に向かって歩いていった。

急がないともう夕食の時間だったと思い出す。


いったん部屋に戻って帰宅後のルーティンをこなし、食堂に入ったときにはまかないの時間から十分はすぎていた。けれど先客は中村と蓬田のふたりだけだった。茅野はともかく、新井がいないのは珍しいことだ。

降矢がカウンターにトレイを置きながら言う。

「今晩のメインは牛肉とごぼうをゴマ油で炒《いた》めたものです」

「ありがとうございます。おいしそうです」

毎日のように仕事で牛肉ばかりを見ているし、バイト先のまかないで食べることも多いのでうんざりかというとそんなことはまったくなく、おいしいものは毎日食べてもおいしいのである。美人は三日で飽きないように、推しを毎日眺めても飽きないように。

栄養のバランス的にどうかと思うところはあるけれど、猫目荘のまかないで牛肉が出るのは珍しいのでたぶん大丈夫。

受け取ると同時に尋ねる。

「今日は三人だけですか」

「そうです。二ノ宮さんがアメリカに行っちゃったから、ふたり欠けただけでずいぶん寂しくなっちゃいますよね」

わたしは曖昧《あいまい》にうなずいた。

二ノ宮と食事をしたのは数えるほどだったけれど、彼がいるだけで食卓が賑《にぎ》やかに、明るくなっていたのはわかる。彼がいなくなったあとも会話をリードしていた茅野がいないので、静かな食卓となりそうだ。

席に着いて「いただきます」と言い、メインとなる牛肉とごぼうの炒め物を食す。

牛肉にもごぼうにも砂糖や醬油《しょうゆ》など調味料の味がしっかり染み込んでいて、嚙《か》めば嚙むほど滋味がひろがってくる。やわらかい肉としゃきしゃきしたごぼうの取り合わせも絶品だし、ゴマ油や白ゴマの風味、一味唐辛子のかすかな辛みもいいアクセントになっていた。牛肉はステーキのように洋風に食すのもいいけれど、和風の繊細な味つけがやっぱり最高だ。

牛肉とごぼうを味わいながら、ふいに思いつく。

中村に相談するのならば、いまが絶好のタイミングではないかと。

両親に退職がバレたこと。それ以前に、マンガ家になったことを言い出せていないこと。

ふたりきりであらためて「ご相談したいことが……」と切り出すより、食事の席で雑談めいた感じにするほうが向こうも気楽に受け止められるだろうし、わたしとしても話しやすい。

蓬田はほかの住人との絡みが少なく、彼自身もそれを望んでいないことがよくわかる。わたしの話も聞かないふりをしてくれるというか、もとより興味を抱かないはずだ。それも含めて、彼に聞かれることに抵抗はない。

母親から電話がかかってきた日の夜のまかないが、このメンバーになったことにも運命めいたものを感じた。

二口目をゆっくり咀嚼《そしゃく》しながら思案したあと、覚悟とともに呑《の》み込んだ。

「あの、中村さん、ちょっといいですか」

「ん？　なになに？」

人なつっこい顔でわたしを見つめてくる。

「じつは今朝、実家の母親から電話がかかってきまして——」

専業のマンガ家となるため、新卒で入った会社を辞めたこと。そのことを親には伝えていなかったこと。それがついにバレてしまったこと。いまはもうマンガ家も廃業状態であることを簡潔に語った。

「ずっと心に引っかかってはいたんですけど、なかなか言いだせなくて。伝えるとしたらいまこのタイミングなんでしょうけど、マンガ家の道を選んだことを理解してもらえるとは思えないですし、実際うまくいかなかったわけですし。黙ったままのほうがいいのかな、という気もしてて。

去年、中村さんと会ったときはマンガ家として瀬戸際の状態で、それもあって両親の前で会社員のふりをつづけるのもつらかったんです。中村さんはそのときわたしが嘘をついてるの、見抜いていたんじゃないですか」

「ごめん、ぜんぜん！」

違うのかよ！

「たしかあのときは、久しぶりの肉ー！　という喜びに溢《あふ》れてただけだわ」

「じゃあ猫目荘の話をしたのはとくに他意はなかったんですね」

「うん。部屋が埋まってないって聞いてたから、宣伝しておこうかと。倉橋さんは東京在住って言ってたし、旅をしててそういう人に会う機会もめったにないし、いまだ！　と」

　完全な早とちりだったようだけれど、いまさら相談を引っ込めるわけにもいかない。

　それで——、と中村がつづける。

「ご両親にちゃんと伝えるべきか否かってことだよね。ご両親と仲が悪いってことはないよね。去年見たかぎり、そんなふうには感じなかったけど」

「まあ、そうですね。悪くはないです。わだかまりはないですし、ふつうだと思います。なにがふつうかわかんないですけど」

「そっかー。とはいえさ、わたしも子どもはいないからなー。結婚は一回失敗してるけど」

　なんと、衝撃の事実。

「ていうかさ！」中村がお茶碗《ちゃわん》を持ったまま身を乗り出す。「プロのマンガ家さんやってたんだ！　すごいじゃない」

「いや、すごくはないですよ」

「すごいって。なろうと思ってなれるもんじゃないでしょ。わたしもさ、昔は書店に勤めてたから多少なりとも出版業界のことはわかってるつもりだし、やっぱりプロのマンガ家さんや作家さんは尊敬するよ」

　こういう言葉は、正直つらい。謙遜《けんそん》とか自虐でなく、すごいとはまるで思えないからだ。本当にすごいのは、売れる人だ。マンガ一本で食べていける人だ。デビューしても鳴かず飛ばずで消えた人間と、デビューできなかった人間の差など、多少の運と環境の差でしかない。

答えるべき言葉を見つけあぐねていると、「ああ、ごめんごめん」と中村は軽快に笑った。

「ちゃんと答えなきゃだね。とはいえわたしも一般論でしか答えられないけどさ、やっぱりちゃんと伝えたほうがいいんじゃないかな。この先ずっと嘘をつきつづけるのはつらいし、疲れると思うよ。ご両親だって、ちゃんと説明すれば、マンガ家の道に進んだことも理解してもらえるとは思うしね」

やっぱりそういう返答になるよな、と思う。

「それがその、じつは、両親にはいちど、マンガ家になることを大反対されたことがありまして」

話を促すように中村は眉根《まゆね》を寄せた。

蓬田は予想どおり、ふたりの会話などまるで耳に届いていないふうに黙々と食べつづけている。

「高校生のとき、マンガ家になることを本気で考えてた時期があったんですが――」

マンガ家になりたい、という夢を抱いたのは小学生のころだろうか。その思いは中学生になっても変わらず、より現実的な、具体的な目標へと変わっていった。

高校生になってすぐ、わたしは実際にマンガを描きはじめた。誰にも、友達にも見せることのない密《ひそ》やかな趣味として。

当時すでにインターネットはあったけれど、スマホはなく、高校生であっても子どもがネットに気軽に接続できる時代ではなかった。個人のホームページはあったと思うけれど、イラストなどの画像を上げることすらハードルが高かったはずだ。

高校二年生になるころにはマンガを描くことが日常となっていた。まだ拙《つたな》いことは自覚していたけれど、このまますづけれぱ目指す場所に辿《たど》り着けるんじゃないかと、自分には才能があるんじゃないかと、根拠のない自信も生まれはじめた。

そんなおり、夕食の席でなにげなく、雑談のようにマンガ家への夢を語った。本当になんとなく思っただけなんだけど、という言い訳を九割くらい含ませて。

それに対する両親の反応はまるで予想していないものだった。

マンガ家になるのがいかに難しく、たぐいまれな才能が必要か。たとえプロになれても食べていくのがいかに大変か。プロになれなかったり、なれても廃業したりしたら、その後の人生はさらに過酷なものになる。マンガ家などというのは世間的には無職と同義であり、そういった空白期間ができるとまともな就職ができなくなる。などなど、錯乱した娘を正気に戻そうとするかのように、両親はマンガ家を目指すことがいかにリスクが高いか、よくないことか、滔々《とうとう》とまくしたてた。マンガ家に親きょうだいでも殺されたのかと思える剣幕で、驚き、戸惑い、ただひたすら圧倒された。

だからべつに本気で目指してるわけじゃないからとわたしは繰り返し、それならいいんだけどと両親は言い、この話は終わった。

夢を否定され、なにくそ！　という反発心が湧いたわけではなかった。生まれたのは、たしかにそうだよなぁ、という納得だった。

すっかり習慣となっていたのでその後もしばらくは、あくまで趣味だし、と自分に言い訳しつつマンガは描きつづけていた。けれど以前のような無限に湧き出る創作の喜びはなくなってしまい、受験勉強が本格化する前に、買い揃えた作画道具はすっかり引き出しの肥やしになっていた。

そうして、ほかの選択肢を思いつくことなく、やりたいことが見つかることもないまま大学に行き、初任給と福利厚生だけを見て就職する道を選んだ。選ぶつもりはなくとも、ほかの道は見つからなかった。

センチメンタルな自分の心情は控えつつ、わたしは高校時代の事実を中村に語った。

食事をするのもそこそこに、彼女は真剣な顔で聞いてくれた。

そっかー、と言っておかずとごはんを口にして、考え込むような表情でしばし口を動かす。

「難しいよねー。こういう言い方はあれだけど、いまもマンガで食べていけてるならまだ、言いやすいかもだけど」

「ですね。現実は、両親が言ったとおりになったわけですし」

「これからもまだマンガ家としてやっていける可能性はないの？」

「ゼロではないですけど、自分はここまでだったかなという気もしていて。正直、再起をかけてがんばろうって気力も湧かなくて」

「そっかー。わたしは創作なんてしたことなくて、できる人はすごいなーって思うだけの人生でさ。さっきからなんかぜんぜんアドバイスもできないし、役に立たなくて申し訳ない気持ちしかないよ」

「いえ、そんなことはまったく」慌てて手を振る。

「蓬田くんはさ――」黙々と食事をつづけ、もう終わりかけているもうひとりの住人に中村は突然話を振った。「両親は応援してくれてるんだっけ。役者の道を反対されたことはなかった？」

焦ることなく口の中身を呑《の》み込んだあと、蓬田は口を開く。

「そうですね。いちども反対されたことはないですね。ずっと応援してくれています」

声も男前だなー。

「だったら思いきりできていいよね。俳優とマンガ家は違うけどさ、どっちも憧《あこが》れる人は多いけど、なかなかそれ一本で生きていくのは大変な世界じゃない。周りの役者仲間とかどうなの？　親に反対されたり、役者としての活動は黙ってたりする人はいるのかな」

首をひねり、少しだけ考えて蓬田は答える。その仕草ひとつひとつがかっこいい。

「ないわけじゃ、ないです。そういうケースを聞くこともゼロではないので。とはいえ、感触としては少数派だとは思いますが」

「うんうん、ありがとう。──マンガ家はどうなの？　倉橋さんみたいに親に反対されたり、黙ってやってるってケースは」

「プロにまでなった人が隠すことはあまりないと思いますけど、あんまりそういう話を周りの人に聞く機会はなかったので……」

というより、そもそもアマチュアにしろプロにしろ、作家仲間と呼べる人とのリアルな交流はなかったのが現実である。SNSでは親との関係などプライベートなことを、とくにネガティブなことを赤裸々に書く人はあんまりいないし、わたしもそうだった。示野は親公認のうえ、両親ともに応援してくれていると聞いていたが。

「それにマンガ家とひと口に言っても、最近はいろんなパターンがありますし。エッセイ系だと主婦からデビューってケースも多いですし。エロ系のマンガを描いてる人はマンガ家であることは親に言ってても内容は伏せてたり、そもそも親に黙ってたりってのはたまに聞きますけど」

「えっと、倉橋さんはエロ系だったの？」

「違います！　一般です。ＢＬでもないです」

力強く否定し、それはエロ系作家さんに失礼だなと反省する。

「倉橋さんは――」初めて蓬田に名前を呼ばれた。「いまはまったく描いていないんですか」

すでに食事を終えているのに、話に付き合ってくれることが嬉《うれ》しく、同時に申し訳なくも思う。

「はい。まったく、ですね」

「ぼくは書かれた本を演じるだけで、創作と呼べるものはやったことがなく。先ほど中村さんも言ってましたけど、ゼロからイチを生み出せる創作者は、本当にすごいなって尊敬するんです。もともと、倉橋さんはどういうきっかけで描きはじめたんですか。プロとして、お金を得るためだけに描いていたんですか」

蓬田はまっすぐわたしを見つめていた。

男前だのかっこいいだのと傍観者的な気分は霧消し、心の奥底を覗《のぞ》かれているような、自分の器を試されているような恐れが兆す。

「最初に描いたのは高校生になってからで、きっかけと呼べるものはなくて、とにかく衝動に突き動かされた感じですね。かっこいい言い方ですけど、本当にそれ以外には言いようがなくて。描いてて、とにかく楽しかったですし。

先ほど言ったように親にマンガ家という生き方を否定されて、それからけっきょく描かなくなったんです。以前のように楽しんで描けなくなったし、ちゃんとふつうに就職しなきゃとも思って。でも、二十五になってから仕事から逃げ出すように再び描きはじめたんです。そのときは明確にプロになることを念頭に置いてました。だから、その時点で純粋な創作ではなかったかもしれませんね。プロになるためのマンガ、読者にウケるためのマンガを強く意識してましたし」

「読者の目を意識したからって、純粋な創作ではないとは言えないんじゃないですか。誰にも見せる気がない、自己満足だけの創作が純粋ってわけじゃないでしょうし。

ぼくも演じていて、百パーセント役になりきることはないです。せいぜい五割くらいですね。残りの三割はどういうふうに見られているか客の目やカメラを意識していて、二割はほかの役者の動きを見たり今後の段取りを考えたりしています。そうしないとそもそも演技は成り立たないので。割合は人によって違うでしょうし、もちろん役者と創作は違うとは思いますが。

それで、倉橋さんがもうマンガを描かないのは、プロとして復活できる目がないからですか。それとも、マンガを描くのが嫌になったんでしょうか」

「嫌には、なっていないと思います」

なっていない。なってはいないはずだ。では、なぜ、マンガを描く気力をわたしは失ったんだろう。

「自信が……自信がなくなったのが、大きい、ですかね。プロとしてデビューすると、変な話ですけど、プロのすごさ、恐ろしさが突然見えてくるんですよ。周りにいる、この世界に何年もいる人たちは、とんでもない化け物みたいな人たちばっかりだって。お金を貰《もら》って描くことの重圧もありますし、素人としてネットに作品を上げるのと、プロとして商業ベースで作品を発表するのは、読者の厳しさが恐ろしいほどに違いますし。

三年以上、実際おもてから見える期間はもう少し短かったですけど、それだけの時間プロとして活動してましたけど、けっきょくわたしは、プロにはなりきれなかった気がします。そこまでの才能はなかったんです。それがしみじみ身に沁《し》みたというか、思い知らされたというか」

中村が「才能、か……」とつぶやき、その言葉を受けるようにして蓬田が尋ねてくる。

「マンガ家の才能って、なんですか」

マンガ家の才能って、なんだろう。自分で言っておいて、そこまで深く考えたことはなかった。

「絵がうまく描けること。おもしろいストーリーを考えられること。魅力的なテーマを思いつけること。それをうまく作品に落とし込めること。まあ、ほかにもいろいろあるとは思いますけど、大きいのはそんなところですかね。あっ、あと、時代のニーズに合った作品を描くセンス、もありますね」

これがわたしにいちばん欠けていたもの。

「でも実際、もっといろいろあるんじゃないですか。マンガ家の実情はわからないですけど、想像はできます」

「まあ、そうですね。全部が九十点である必要はないし、絵やストーリーとは違う場所の一点突破で成功してる人もいますし」

「人に好かれる才能だけで生き残る人だっているんじゃないですか」

「ああ、たしかに。マンガ家だってけっきょく、人と人との仕事だなってのは実感します。コミュ力はあったほうがいいし、人に好かれる才能は大事です」

「でも、コミュ力がゼロでも、とんでもなくおもしろいマンガを描けるならやっていけますよね。役者も同じですよ。演技力と見た目が大事だって思われがちですけど、実際そうでもないです。もちろんいますよ、とんでもない演技センスを持った人って。

持って生まれた才能の領域で、絶対に適わないなって。でも、それがないからダメってことはぜんぜんないです。エンタメの世界って、本当に懐が深いです。

やたら体のキレがいい人とか、くすりと笑わせてくる人とか、人なつっこい人とか、酒が強い人とか、声が心地よい人とか、それだけで生き残ってるんじゃないかって思う不思議な役者は山ほどいます。目に見えないものも含めて、役者の武器になるものは何万、何十万とあって。つまり、それだけ才能の種類があるってことです」

彼は組んだ両手をテーブルの上に載せ、悲しげに笑う。

「ぼくも昔、悩んだことがあるんです。自分には演技の才能がないんじゃないかって。自分ではうまくやってるつもりなのに、映像で見ると自分の下手さ加減に愕然《がくぜん》とするんです。自分より経験の浅い後輩よりも、明らかに下手なんです。一年以上がんばってこれだと、自分は根本的に役者に向いてないんじゃないかって思いますよね。

辞めることを本気で考えるようになり、親しくしていた先輩に相談したんです。そしたら、役者の才能はなんだと思うって聞かれて、さっき言ったようなことを言われたんです。役者ってのはなんでもありなんだと。先輩の言葉を聞いて、自分はなんて狭い視野で役者を捉《とら》えていたのかと気づかされました」

わたしも、中村も、そしてカウンターに半分身を乗り出すようにして台所からなぜか降矢も、じっと蓬田の話を聞いていた。その語り口は心地よく、真摯《しんし》に語られる言葉はそれ以上に引き込まれるものだった。

「その先輩はこうも言ったんです。役者にとっていちばん大事な才能は、自分の才能を見極める才能だと。次に大事な才能は、自分の才能を活《い》かす才能だと。たぶんこれって、役者にかぎらないですよね。

これって演技でも同じなんですよ。演技力ってすごく漠然とした言葉で、たぶん誰も、ちゃんと説明できない。演技力を構成する要素は二十とか三十とかたくさんあって、細かいものを入れればもっともっとあって。だから漠然と『演技力を高めよう』とするんじゃなく、自分はAとBとCの要素は苦手だけど、DとEとFの要素は高められるんじゃないか、というふうに考え方を、努力のアプローチを変えてみたんです。おかげさまで、自分で言うのも気恥ずかしいですけど、演技を褒められることは増えました」

伏し目がちに語っていた蓬田は、そこで初めて三人の視線に気づいた様子で目をさまよわせた。はにかむように笑う。

「ごめんなさい。つい、たっぷりと語ってしまいました」

「いえ――」代表するようにわたしは言う。「すごく聞き入っちゃいました」

「自身の経験も踏まえて、どの世界でもとは言えませんが、少なくともエンタメの世界で『才能がない』ってのはありえないんじゃないかと思っていて。『才能を活かせなかった』『才能の活かし方を見つけられなかった』というのはあると思うんですが。これはべつに言葉遊びではなく、根本的に異なる捉え方で。ここを見誤らないのは大事なことかなと思っています」

わたしは深くうなずいた。

そのとおりだ。わたしは「才能がない」というのをお手軽な言い訳に使っていたにすぎない。

売れ線のマンガが描けない、ヒットする作品をおもしろがれない。だからどうした。たったそれだけのことで自分はプロに向いていない、才能がないと決めつけていたのではないか。手ごろな言い訳を見つけて満足していたのではないか。自身の才能を見極め、それをどう活かすかを本気で考えて考えて考え抜くことから逃げていたのではないか。

でも……。

蓬田が薄く笑う。その笑みは魂が抜けるほどにかっこいいものだった。

「ご両親に打ち明けるかどうかの前に、まず倉橋さん自身の気持ちをはっきりさせる必要があるかなって思ったんです。その話をしたかっただけなんですけど、なんだかずいぶん遠回りをして、長話になってしまいました」

中村は彼の向かいで、何度も首を縦に揺らしていた。

「おっしゃるとおりだわ。今回は全部蓬田くんが持ってったねー。というか思い出した。わたしは昔から相談されても気の利いたことの言えないダメ人間だったわ」

食堂が小さな笑いに包まれる。

「いえいえ。出版業界のことはなにひとつわからないですし、知ったふうなことを言ってしまったかもしれません。だからほんと、ひとつの考え方として聞いてもらったら」

わたしは慌てて否定する。

「とんでもないです。繰り返しますけど、すごく参考になりました。ありがとうございます」

でも……、もう遅いんだ。

彼の話を、せめて二年前に聞きたかった。そうしたら、もう少し違う未来もあったかもしれない。

いや、わたしだったら、なにも変わらなかったかもしれない。蓬田だったから、先輩の話を正しく受け止め、それを未来に繋《つな》げることができた。才能よりももっと大きな、根本的な、そう、人としての器。

わたしみたいな人間は、なにを聞いても、なにを知っても、けっきょくそれを活かすことができなかったのではないか。

そう思えてならなかった。

中村と蓬田に繰り返し感謝の言葉を伝え、けっきょくわたしは最後に食堂をあとにした。相談をはじめてから食事が止まってしまっていたからだ。

蓬田ははっきり告げなかったものの、きっと「このまま終わっちゃうんですか」ということを伝えたかったのだと思う。

その気持ちはすごくありがたいと思う。自分にはもったいないくらいで、すごくいい人だとも思う。でもわたしはその言葉を、気持ちを、活かすことはできそうになかった。

かつて示野に語ったように、マンガを描くエネルギーはこれっぽっちも残っておらず、それはいまも変わっていない。本当にわたしはクソみたいな人間だ。

二階への階段を上りながら、両親にマンガ家のことを伝えるのは保留にしようと決める。嫌みを言われるのも嫌だし、嘆かれるのもめんどくさい。なにもわざわざバカ正直に真実を伝える必要もないだろう。せめて身の振り方が決まるか、笑い話になるくらい時間が経ってからでも遅くはない。

階段を上りきった先にボタンが寝そべっていた。

食堂で見かけるときもあるけれど、不思議とまかないのときは食堂に姿を見せない。

すぐ横を通ってもこちらに顔を向けることはなく、わずかにしっぽを揺らしただけだった。ここに来てずいぶん猫好きになったとは思うけれど、そういうときはちょっかいをかけないようにしていた。

ひとりでいたいときに無理やりかまわれるのは、猫だって嫌だろうから。

第三話　夏天使、チーズケーキと魔法使い

「皆さま、食事をつづけながらでいいので聞いていただけますでしょうか」

大家の小金井が食堂のテーブル脇に立って告げた。台所には降矢がいて、テーブルにはわたしのほかに中村、蓬田、アシンメトリーの茅野、無口な新井と、なにげに現時点でのフルメンバーが揃っている。

さらに、小金井の横に立つ見慣れぬ少女。

黒髪ロングで、Tシャツにスカート、ハイソックスというよくある服装ながら、漂うおしゃれ感と高級感と強者感。なんだかよくわからない模様の描かれたTシャツはなんだかよくわからないけれどたぶんきっとめちゃくちゃ高いハイブランド。

見るかぎり中学一、二年生で、にこやかな表情で美しく立っている。少女というアドバンテージを差し引いてもべらぼうにかわいく、身長がすらりと高いこともあり、

あどけなさと大人っぽさが同居していた。

ひと言で言うと、天使だ。

一秒に満たないあいだにわたしが長文感想を高速で脳内展開したあと、小金井がつづける。

「じつは本日より約一ヵ月間、猫目荘で生活をともにするメンバーがひとり増えるんです。けっして入居するわけではないですし、短いあいだですが、皆さまよろしくお願いします。では、自己紹介してもらってもいいですか」

はい！　と天使は明るく元気に返事をする。

「甕川《みかがわ》叶《かのう》です。十二歳です。口偏に、数字の十と書く『かなう』って字を書いて『かのう』って読みます。ファミリーネームは難しいので覚えなくていいです。一ヵ月間だけですが、よろしくお願いします」

こちらこそよろしくお願いします！　とわたしは心のなかで叫んだ。もちろん表面的には無表情で——どちらかというとやや不機嫌そうに——ゆるりとうなずいただけだったが。

一ヵ月とはいえこんな天使とひとつ屋根の下で暮らせるなんて、こんなラッキーなことがあるだろうか。徳を積んでくれた前世のわたしに感謝。

いまは七月下旬。多くの学校が夏休みに入った時期である。

夏休みのあいだだけということは理解できるが、誰かの親戚《しんせき》とかだろうか。

「わたしが連れてきたの」と告げたのは茅野だった。「一ヵ月だけでもこういう場所で生活するのは、彼女にとっても有意義じゃないかってね」

「隠し子？」と中村。

「なんでやねん。友達の子どもだよ」

「その、親御さんは？」

「一ヵ月両親とは離れて、この下宿屋で生活するってのが今回のテーマだから。そうすることでいろんな学びがあるかもしれないし、ないかもしれないけど、まぁおもしろそうだからいいじゃん、ということで。だからみんなも積極的に叶ちゃんと絡んであげてほしい」

「へぇ。なかなかへn――豪快なご両親だね」

その言い換えは成功しているのか？

小金井に促されて、叶は空いた席――アメリカに行った二ノ宮の席だ――に座る。わたしから見て斜め前、長辺の遠いほう。反対側の短辺なら遠くとも顔が見やすく、向かい合って食事している感じがしてそれはそれでいいのだが、絶妙に遠いうえに顔も見にくい場所なのが悔しい。

向かいに座る中村がさっそく声をかける。

「叶ちゃんよろしくね。十二歳ってことは、小学六年生？　それとも中一かな」

「えっと、学年的には中学一年生になるんですけど、あたし、ずっと学校には行ってないんです」

不登校⁉　意外な事実に驚く。

「最初からね」と茅野が説明する。「両親の方針というか、両親と叶ちゃんが話し合って決めたんだ。学校という狭い世界に閉じ籠《こ》もるより、世界中を巡って見識を深めたほうが今後の人生は豊かになるだろうって。

今回、夏休み時期になったのはたまたまではあるけど、日本でもこの時期だと平日の昼間に子どもがうろついてても、あんまり奇異な目では見られないしね。だからみんなもいろいろ連れてってあげて」

なるほど、と感心する。積極的不登校というわけだ。そういうのもありなのか、という驚きとともに、社会的強者にのみ許される道だよなとも感じる。うちみたいな庶民にはそもそもそんな発想すら浮かばない。

食事をしつつさりげなく叶を見やると、ぱっちり目が合ってしまう。

とたんに彼女は音がしそうなほどに、にこっ、と笑った。

やめろ。まぶしい。陰の者は浄化される。

「甕川叶です。よろしくお願いします」

うん、さっき聞いたよ！　忘れてないよ！

「こちらこそ、よろしくお願いします」

「もしよかったらお名前教えてもらってもいいですか」

ぐいぐい来るな！　最高かよ！　というか相手が名乗ってるのにこっちは名乗りもしないとか、わたしはとんだブタ野郎だよ！

「あ、倉橋です。倉橋結芽です」

「クラハシユメさん。すてきな名前です。ユメさん、って読んでもいいですか！」

縮地みたいな勢いで距離詰めてくるな！　天使かよ！　天使だったわ！

「あ、はい。ぜんぜん、大丈夫です」

言い方！　十二歳に気圧《けお》される三十三歳は情けなさすぎる。人生経験ほぼ三分の一だぞ。「いいに決まってんじゃん。今度ふたりでどっか遊びいこっか！」とか言える人生を送りたかった。

あと五回くらい人生をやり直しても、彼女のような強者感は身につかないだろうけど。

休日。猫成分を摂取しようと昼すぎにボタンを捜して一階に降りると、食堂のほうから華やかな声が聞こえてきた。

なんだろうと思い、つい覗《のぞ》きにいってしまったのが運の尽き。テーブルにいた叶と目が合い「ユメさん！」と声をかけられる。

「今日はお休みですか？　だったらユメさんもいっしょにやりましょうよ！」

「あ、うん、休みだけど。なにしてんの？」

叶が猫目荘にやってきて五日、さすがにもう気圧されることはなく、敬語を使わずとも会話ができるようになった。天使のような仕草や表情や言葉に「尊い……」と心のなかで拝むことはあるけれど。

彼女は椅子には座らず、テーブルの上にあるボウルをすりこぎで突いている。そばでもつくってんの？

「チーズケーキをつくるの！　ユキエさんに教えてもらって」

ユキエさん？　誰だそれは。

「正確には——」台所にいた新井が告げる。「ベイクドチーズケーキですね。ベイクドというのは『焼く』ということですので、焼きチーズケーキになります。まあ、一般的なチーズケーキを想像してもらえれば大丈夫です。もしよろしければ倉橋さんもごいっしょにいかがですか」

ユキエさんとは新井のことのようだ。

彼女の隣にいる降矢が笑顔でこくこくとうなずく。部屋にいる人間は以上だ。

「あ、いや、自分はお菓子とかつくったことなくて。料理もまったくだし、役には立てないですよ」

「大丈夫ですよ。難しいことはなにもないですし、お菓子づくりは楽しいですよ。それとも、絶対に料理はしないという信念があるのでしょうか。あるいはチーズケーキがお嫌いだとか」

「いえ、そんな信念はないですし、チーズケーキも大好きです」むしろスイーツ系ではかなり好きな部類だ。「じゃあお言葉に甘えて、参加させてもらってもいいですか」

やった！　と叶が手を叩《たた》いて飛び上がる。かわいすぎるだろ。

「新井さんはよくお菓子づくりをされるんですか」

「ええ。たまに、ですけど。意外ですよね」

「ああ、いえいえ。そんなことはないですけど」

ごめんなさい。そんなことはある。無口で堅物そうに見える新井にお菓子をつくる趣味があるのは、正直意外だった。そしてそんな彼女を下の名前で呼ぶ叶の距離詰め力――そんな言葉はたぶんないけど――にも度肝を抜かれる。たぶん異能者。

ひとまずわたしは叶の作業を手伝うことになった。ビスケットを砕く作業らしい。

チーズケーキの下に敷かれた、土台となる部分だ。これまでの人生でチーズケーキを五十個以上は食べてきた気がするけれど、この部分がビスケットでできているとは知らなかった。というより、なにでできているかと考えたことがなかった。わたしの人生においては「チーズケーキの下のやつ」でしかなかったのだ。

当然「チーズケーキの下のやつ」なんてものが売られているわけもなく、なにかしらの材料からつくられているんだよなー、と至極当たり前のことに気づかされる。興味がないと、そんな当たり前の事実すらも見えてこないものなのだ。

ボウルに入れたビスケットをすりこぎで細かく砕いていく。

思いのほか時間のかかる、面倒な作業だったものの、叶との初めての共同作業は想像以上に楽しかった。彼女とわいわいきゃっきゃできたし、形あるものを粉微塵《こなみじん》に破壊するのはやっぱり楽しい。チーズケーキづくりで自身の破壊衝動と向き合うとは思わなかった。

砕いたあとは、溶かした無塩バターを混ぜ込んでいく。黒っぽく、どろっとした感じになり、一気に「チーズケーキの下のやつ」感が出てきた。

それを丸いケーキ型——デコレーションケーキ型、あるいはデコ缶とも言うらしい——の底にならすように敷きつめ、冷蔵庫に入れれば、ひとまず土台は完成だ。誰にでもできる簡単な軽作業です、という謳《うた》い文句に嘘はなく、ときおり新井がそばに来て教えてくれたこともあって戸惑うことはなかった。

台所ではチーズケーキの本体、黄色い部分の調理が進んでいた。簡単に言うと「生地」、難しく言うと「アパレイユ」らしい。

材料はクリームチーズ、生クリーム、卵のほか、砂糖と薄力粉、レモン汁だけのようだ。意外と少なくシンプルだし、材料を順番に入れてただひたすらかき混ぜるだけなので「びっくりするほど簡単（降矢談）」なんだそうだ。

新井によると、クリームチーズを事前に室温に戻しておくことと、ホイップなどとは逆に、空気をあまり混ぜ込まないように攪拌《かくはん》するのがコツらしい。生地が空気を含みすぎると焼いたときに膨らみすぎ、冷やしたときに縮んで硬くなってしまう。

最後のほうだけ、わたしと叶も生地をつくらせてもらった。卵を一個割り入れるたびによく混ぜて、最後に薄力粉を入れて混ぜれば完成だ。できあがった生地を土台を敷いた型に流し込み、あとはオーブンレンジで焼くだけである。

こんなに簡単にあのチーズケーキがつくれるんだ、という事実はやっぱり意外だったし、感動も覚えた。知らない世界は難しく考えてしまいがちなのだろう。

焼き上がるまで、ひとまず食堂のテーブルで歓談。口火を切ったのは新井だった。

「どうでしたか、叶さん。初めてのチーズケーキづくりは」

ますよ」
「そうですね。材料や設備など、素人ゆえの限界はありますが、大失敗はないと思い
「楽しかった！　すごく簡単だし、これでおいしかったら最高」

「うん。焼き上がるのも楽しみ」

「ところでさ──」降矢が興味津々といった様子で尋ねる。「叶ちゃんって学校行ってないんだよね。毎日どんな感じなの？　寂しくない？」

「寂しくはないかな。毎日いろんなことをしてるし、同い年くらいの子と遊ぶこともあるし。あ、ちゃんと勉強もしてるよ。マミーとダディが、あたしの将来に必要だって思う勉強だけだけどね」

「将来、やりたいこととか、なりたいものとかあるの？」

「ふたつあるのっ」叶は満面の笑みで二本指を立てる。「ひとつはイタリアの、森と湖のそばで暮らすこと。ふたつ目は国連で働くこと。地球温暖化の問題に取り組みたいの」

すごいなぁ……、と降矢があっけに取られたようにつぶやく。

わたしもまったく同じ感想しか出てこなかった。彼女が言うと十二歳の無邪気な夢とかではなく、実現して当然の目標と聞こえる。望めば必ず可能なのだと、根拠のある自信に裏打ちされた言葉。

「地球を守る仕事かぁ。大切なことだし、これからはきっともっと大事になるよね」

「違うよ――」叶は笑顔のまま言う。「地球は守らないし、守れない。どこまでいっても人間のための活動だよ。だって地球はどれだけ熱くなっても壊れないし、困らないもの。でも急激に地球環境が変わると、あたしたちが困っちゃう。

植物も動物も魚も虫も生態系が激変して、これまで採れたものが採れなくなって、つくれたものがつくれなくなっちゃう。たくさんの産業がつぶれちゃうし、先進国でも食料や水が足りなくなる。世の中の仕組みを変えなきゃいけなくなる。災害の姿が変わって対応できなくなるし、資源を巡って世界中で紛争が増えると思う。日本だってぜんぜん他人事《ひとごと》じゃないの。温暖化はもう止められないけど、人間がなんとか対応できるように、社会の変化がついていけるように、せめてゆっくり温暖化させなきゃいけない。それがいまの状況だと思う」

新井は何度もうなずきながら聞いていた。

わたしはといえば、やっぱり「すごいなぁ」以外の感想が出てこない。子ども特有のまっすぐな思いはどこまでも純粋で、それゆえに大人のうしろ暗い心を刺激し、居心地の悪さも覚える。それも含めて、情けなくも感じた。

その後も叶を中心に会話は展開した。

話を聞いていて感じさせられたのは、とにかく彼女は大人だということだ。

もちろん十二歳っぽい幼さがゼロではなかったけれど、自分の考えをしっかり持っているし、それを言葉にして他人に伝えることができる。それも含めて、日本人っぽくない、とも感じてしまった。実際、海外にいる期間も長く、英語は日常会話程度なら不自由なく使えるらしい。

日本人は、とくに若いうちは、欧米人と比べて〝幼い〟と感じることがある。それはべつに人種的なものではなく、文化や、子どもへの教育に根ざすものなのかなと、叶を見ながら考えてしまった。日本の学校教育はどうしても自己表現を抑制し、〝受け身〟を強要するところがある。

組織で働こうと思えば日本にかぎらずどこの国でも学歴というか「最低限の知識や教養を身につけている客観的事実」を提示する必要があり、いずれ大学には通うだろうと叶は言っていた。そのことは両親とも話し合っており、基礎的な科目は家庭で少しずつ学んではいるんだとか。

けれどいまはまず「世界を知り、自分を知る」ために、机上で学ぶ知識ではない本物の勉強をさせる、というのが彼女の両親の考えであるようだった。

ただただ突き抜けてるなー、としか思えず、もちろん誰にでも真似できる生き方ではないとしても、常識を打ち破る強さというのは見習わなきゃいけないなと感じてしまった。

　三人の会話を聞きながらいろんなことをつらつら考えていると、

「やった！　楽しみです！」

　叶の声で我に返った。はじける笑みで両こぶしを握りしめている。いつの間にか降矢と叶はディズニーシーに行く約束をしたようだ。

「倉橋さんもいっしょにどうですか」

　降矢がわたしを誘ってくるも、「いえいえ！」と全力で否定した。

「そういう場所はわたしには向いてないので」

「向いてるとか向いてないとかあります？」

「ありますあります」

　いちおう行ったことはあるし、行ったら行ったで楽しいだろうなとは思うものの、叶はともかく、大家さんと必要以上に親しくならないほうがいい、という気持ちのブレーキが強かった。猫目荘のなかで話すことに抵抗はないけれど、いっしょに遊びにいくのは一線を越えてしまう気がする。

「あ、たしかに、ありますよね……」

　考え込むような表情で、降矢はうんうんとうなずいた。

　叶がわざとらしく頰を膨らませて抗議する。

「えー、ユメさんもいっしょになにかしてくださいよー。子どもの遊び相手をするのは大人の義務ですよー」

こんなときだけ都合よく子どもアピールするんじゃない。ちくしょーかわいいな。天使かよ。

こちらとしても彼女と遊びにいくことは大歓迎だ。水族館あたりを提案しようかと思った矢先、降矢が「そうだ！」と軽快に手を打ち鳴らす。

「倉橋さんは叶ちゃんの似顔絵を描いてあげたらどうですか」

「えっ！」叶の目がらんらんと輝く。「ユメさんって絵が上手なの？」

「もちろん！」と答えたのはなぜか降矢だ。「なんてったってプロのマンガ家さんなんだから」

叶の目と口が大きく開き、みるみる驚きと感動がひろがるのがわかった。こんなにピュアな〝尊敬の眼差《まなざ》し〟を向けられたのは生まれて初めてじゃないだろうか。

ちょうどそのとき焼き上がりを告げるオーブンレンジの通知音が響き、「元ですけど」と言い訳するタイミングを逸したまま、似顔絵だけでなくマンガの描き方を彼女に教えることがなし崩しに決まった。

予期せず降矢にばらされたときは戸惑いもあったが、叶に教えることにわだかまりはなかった。

新井が焼き上がったチーズケーキをテーブルに持ってくる。

ケーキ型からはみ出そうなほどに膨らんでいたため、分量を間違えたのかと訝《いぶか》ったが、冷めるとともに縮んで型に収まっていった。

少し待って粗熱が取れた頃合いで、薄っぺらいパレットナイフ——先端は円弧状で尖《とが》っていないので、新井も問題ないようだ——で生地と型とを分離させる。つづいて型をコップの上に載せて、ゆっくり下げると焼き上がったチーズケーキが姿を現した。小さな歓声が起き、叶がかわいらしく手を叩《たた》く。

ケーキ型の底面が分離している構造だったのはなんでだろうと思っていたが、こうやって取り出しやすくするためだったのだと納得した。

このあと冷やしながらしばらく寝かしたほうが味が馴染《なじ》んでおいしくなるらしいのだが、待ってられるか！　ということで、半分だけ冷蔵庫に入れて残りはさっそくいただく。

焼き立てほかほかのチーズケーキを食べるのは人生初かもしれない。

「おいしい！」

ひと口目を食すなり叶が叫ぶ。

その見解に異論はなく、市販のチーズケーキに勝るとも劣らないおいしさだった。

まったりとしたチーズの味わいをわずかな酸っぱさが引き立て、さらなる幸福感が舌の上にひろがる。バターの風味がたっぷり染み込んだ土台とのコラボレーションもばっちりだ。ほかほかのチーズケーキというのも新鮮で、これはこれでぜんぜんありだと思える。

あえて言うなら少しばかり酸っぱさが勝ちすぎているきらいはあったけれど、これは味が馴染む前だからだろう。でもぜんぜん問題ないレベルだ。

自分も手伝って自分たちでつくったという効果は大きく、こんなに満足度の高いスイーツは初めてじゃないかと思える出来である。

試食は終始笑顔の溢《あふ》れるものになった。

線を一本引くごとに、隣からは「わぁ……」という素朴な感嘆の吐息が聞こえる。

「ここで筆の種類とか、線の太さとか、掠《かす》れ具合とか、いろいろ変えることができるんだ」

ペンタブレットを使ったデジタル作画を見るのは初めてだったようで、説明するたびに叶は感動してくれる。

叶を自室に招いての似顔絵とマンガの描き方講座だった。まずは彼女の写真を映したスマホを脇に立てかけ、似顔絵を描きつつ、パソコンでどういうふうに絵を描くのかを説明していた。

いちおう小ぎれいに片づいているとはいえ、なにひとつ華やかさのないむさ苦しい部屋に天使を連れ込んで大変申し訳ない気持ちになる。

「スクリーントーンとかも自由に、簡単に貼れるんだ。こんなふうに、ね。カッターで削ったような加工もできるよ」

「わぁ、すごい」

「本格的にやろうと思えば有料のデジタルトーンをけっこう買わなきゃだけど、一回買えばあとはいくらでも貼り放題ってのがデジタルのいいところだよね」

デジタル作画は初期投資がかかるが、あとあとのランニングコストは削減できる、と言われがちだ。しかしつづけていればソフトもハードもどんどん新しいものが欲しくなるし、買い換えたくもなる。なんだかんだけっきょくずっとお金はかかるよね、という印象だ。とはいえ、いちどデジタル作画の便利さに慣れてしまうと、もうアナログには戻れない。

説明しながら作業を進め、ひとまず簡単なものながら似顔絵が完成した。

もとより似顔絵などを描くことはほとんどなく、かわいらしく描けた自信はあったけれど、正直あまり似ているとは思えなかった。それでも叶は「すごい、すごい」と連呼してくれる。

「これ、印刷とかはできないの？」

「そりゃまあできるのはできるけど、いる？」

「欲しいに決まってます！」

まっすぐにそう言われると「そんなたいそうなものじゃないよ」という気恥ずかしさとともに、やっぱり嬉《うれ》しくもあった。印刷したあと叶にせがまれ、これまで数えるほどしか書いたことのないサインを添える。

叶は顔を輝かせていた。

「ありがとうございます！　似顔絵描いてもらったの初めてだから、ほんと嬉しい！」

わたしなんぞが叶ちゃんの初めてを奪って申し訳ない！　と思ってしまい、我ながら気持ち悪いなと自覚する。

「でも、ぜんぜんパソコンで描いた感じしないよね。手で、実際のペンで描くのと違ったりするの？」

「うーん、どうだろう。いまはだいぶ進化してるし、慣れればそんなに違わないと思うけど、でもやっぱり紙とデジタルの描き味の違いはあるしね。それは仕上がりに影響するとは思う」

「ほかの人の絵を見て、デジタルで描いたかどうかはわかる？」

「ものによるかなー。デジタルならではの描き味というか、処理とか癖とかはあるから。とはいえ、判断がつかない場合もけっこうあるかも」

インク汚れや掠れは編集部や印刷所で修整されている場合もあるし、デジタルでも驚くほどアナログっぽい不揃いな線を描く人もいる。わたしもデジタル作画の歴史を深く知っているわけではないけれど、ひと昔前と比べて確実に両者の差異はなくなっているはずだ。

それにペン入れは紙でやって、そこからパソコンに取り込んで仕上げる人もいるので、なにをもってデジタル作画と呼ぶのか境界が曖昧《あいまい》な部分もある。そもそもプロのマンガ家で、現在でも完全アナログで描いているのはかなりの少数派だろう。

次いで叶自身に、ペンタブを使って絵を描いてもらった。

彼女が好きだという犬の絵だ。しかしこれまでとは一転して険しい表情になり「難しい、難しい」と連呼する羽目になった。まったく思いどおりに線が描けず、ラヴクラフトもびっくりの名状しがたい謎生物が誕生し、ふたりで笑い転げた。

液晶画面に直接ペンで描く液晶タブレット、いわゆる液タブとは違い、画面とペンが離れているペンタブはたしかに慣れないとかなり難しい。

そもそもの絵の実力はどんなものかと、今度は紙に鉛筆で描いてもらったところ「ペンタブよりは少しまし」レベルで、完璧《かんぺき》少女と思われた叶の意外な弱点を発見し、なぜだかちょっとほっとする。

そのあとは約束どおり、どんなふうにマンガの原稿を描くのか、実践を交えて伝えていく。

いちど自分でもペンタブを経験したからか、軽く下描きのような絵を描くだけでも先ほど以上に感動してくれる。

「ほんと魔法みたい。ユメさんは魔法使いだね！」

これほど褒められたのは、他人に認められたのは、いつ以来だろうと苦笑する。

自分も子どものころは、プロのマンガ家はみんな魔法使いだった。どんな魔法を使えばこんなすてきな絵が描けるのだろうと思っていた。

けれど自分がいざ魔法使いになってしまえば〝魔法の世界〟の現実がのしかかってくる。市場のニーズに応《こた》え、売れることを求められ、どこまでも冷酷にランクがつけられる。

成績の悪い魔法使いはあっさりと切り捨てられ、魔法の世界から放逐される。子どものころ無邪気に憧《あこが》れ、キラキラして見えた人たちも、きっといろんな理不尽に耐え、歯を食いしばって魔法を紡いでいたのだろうといまになって思う。

もちろん叶にそんな話は微塵《みじん》もしなかったけれど。

マンガ講座はさまざまに脱線しつつ、当初の想定以上の時間に及んだ。

叶との時間は、正直とても楽しかった。

それは彼女が天使だからだけではなく、やっぱり絵を描くのは楽しいな、という純粋な思いからだった。客観的に見て、わたしが他人に自慢できるのは、他人を喜ばせることができるのは、「絵を描くこと」以外にはなく。

わたしが描いた絵を叶は褒めてくれて、喜んでくれて、笑顔を見せてくれた。

わたしの絵で、少なからず彼女に幸せを届けられた。それがなにより嬉しかった。

創作は、人に届いて初めて完成する——。

久しく忘れていたそんな当たり前のことを思い出させてくれた。

もしかしてわたしは、プロのときもこんな大事なことを忘れていたんじゃないだろうか。いや、プロだからこそ、忘れてしまったんじゃないだろうか。

わたしは売れる作品、認めてもらえる作品ばかりを考えていたのではないか。目的が「プロとして生き残ること」になってはいなかったか。どんな人に届けたいかを考えて描いていただろうか。受け取った人の笑顔を想像しただろうか。わたしの作品を読んで、ひとりでも幸せになってほしいと願ったことがあっただろうか。

叶の笑顔を見つめ、わたしも笑みを浮かべながら、心の底ではそんなことを考えてしまった。

「さて、いい時間だし、そろそろ終わろうか」

「うん、ありがとう！　すっごく楽しかった！　ね、またやろうよ。次はもうちょっとうまく描けると思うの」

「もちろん。わたしも楽しかったし」

「ね、ユメさんの描いたマンガ読みたいんだけど、教えてくれたりする？」

「ああ、ごめん。わたしはダメダメなプロだったから、紙の本には一冊もなってないんだよね」

すでに「元マンガ家」であることは彼女に伝えていた。

紙の本になっていないのは事実だが、電子書籍なら読むことはできる。しかし十二歳の子が読むような作品ではないし、気恥ずかしさもあった。

「そっか。ユメさんは、もう、描かないの？　こんなに上手なのに」

「絵が上手な人はいくらでもいるからね。プロはそれだけではやってけないんだよ」

がんばれば誰だってある程度は絵がうまくなる。その先には才能の領域があるけれど、それはべつにプロに必須《ひっす》のものじゃない。蓬田の言葉じゃないけれど、突き抜けた画力がある人にはある人なりの、そこそこの人にはそこそこの人なりの戦い方がある。

「でも、プロじゃなくてもマンガは描けるよね。ユメさん、絵を描くの好きだよね。だって、すごく楽しそうだったよ！」

今日のために用意した高級なお菓子——と言っても六個で四百三十円（税込）のチョコパイプレミアムだが——を食べながら叶は無邪気に言った。

子どもゆえの純粋さと無邪気さは、ときに悪魔のような冷淡さを持つ。大人が言い訳という名のベールで必死に包み隠したものを、容赦なく引き剥《は》がす冷酷さがある。

絵を描くのは楽しい。それは今日、わたしだって感じたことだ。それは認める。けれど、いちどプロになってダメだった人間が、どんなモチベーションを持って発表するあてのないマンガを描けばいいというのだ。

以前、焼き肉を食べながら示野にも語ったように、いまさら再デビューを目指す気にはなれない。そのときはわかりやすく三十三歳という年齢を理由にしたけれど、それはいまどき大きな障害ではないはずだ。それよりも「プロでいちど失敗している」という事実のほうが大きい気がした。プロとしてやっていけなかったことが証明されたわけで、再挑戦のハードルはとてつもなく高くなる。

もちろん一般論として、二度目の挑戦で化ける可能性はある。しかしプロ経験者と未経験者を天秤《てんびん》にかけたなら、手垢《てあか》のついていない新人に賭《か》けたくなるのが編集者の心情ではないだろうか。いちどプロを経験していると、手堅く、けれどこぢんまりとまとまってしまって、それ以上の伸びしろがないとも思われそうだ。そしてそれはあながち間違ってはいない。「プロでいちど失敗している」という烙印《らくいん》は想像以上に大きい。

「まあ、それはそうなんだけどさ……」

十二歳相手になんと答えればいいのかわからず、絞り出されたのは中身のない言葉だった。

ふいに叶の表情から無邪気さが消え、生真面目な顔で聞いてくる。

「ユメさんは、お母さんやお父さんと仲がいい？」

「え？」脈絡のない質問に面食らいつつ、素直に答える。「まあ、悪くはないと思う。取り立てて仲がいいわけじゃないけど、けんかすることはないし、実家にも定期的に帰ってるし。年に一回あるかないかくらいだけど」

「じゃあお母さんやお父さんは、ユメさんにマンガ家をつづけないでほしいって言ってたの？」

ドキリとする。どこからそんな発想が出てきたのかわからず、両親にマンガ家の夢を否定された過去を知っているのだろうかと、ありえないことまで考えてしまう。

戸惑いを超えたいくばくかの気味悪さも覚えつつ、

「えっと、なんでそんなふうに思ったの？」

と返答をごまかし、質問を質問で返してしまう。

「だって、親ってけっこう子どもの気持ちを考えないでしょ。お母さんって、自分の思いを押しつけてくるところがあるでしょ。だからユメさんのお母さんも、ユメさんがマンガ描くのをよく思ってなかったのかなって。だからユメさんも、ほんとは描きたいのに、もうマンガを描かないことにしたのかなって」

いろんな感情がごちゃ混ぜになって、あっけに取られた感覚に陥る。

子どもっぽい決めつけと単純さ、けれどはっとさせられるような気持ち。彼女がそんな思いを抱いているんだ、という意外さ。

子どもだから、十二歳だからと、変に遠慮していたなって反省も浮かび上がってくる。

「叶ちゃんも、そういうのあるんだね。わたしからすると、すごく恵まれた環境で、すごく恵まれた生活をしているように思うんだけど」

「あるよ、そりゃ」

彼女らしからぬ、子どもっぽく、素の十二歳っぽく叶は言って、笑う。でも「彼女らしい」ってなんだ。自分は叶のなにを知っているのか。

「べつに押しつけられたんじゃなくて、あたしも納得して選んだ生活だし、恵まれてるってこともわかってるよ。でも、ふつうに学校に行って、帰りに友達とコンビニ行ったり、公園に行ったりしてだらだらおしゃべりしたりとか、そんなのをやってみたいのもある」

「でも、叶ちゃんが本当にそういう〝ふつうの〟生活をしていたら、きっといまの叶ちゃんみたいな子を見て、すごく羨《うらや》ましがるんじゃないかな」

だろうね、と言ってきゅっと顔を縮めるような笑顔を見せる。

「嫌じゃないんだよ。すごく楽しい。でもさぁ、これがほんとに楽しいのかよくわかんないんだよね。だってふつうの生活してないんだから、わかんないじゃん。自分のやりたいこともよくわかんない。国連で働きたいってのも、ほんとにそう思ってるのかわかんない。お母さんは、お父さんもだけど、世界で活躍する人になってほしいってよく言ってて、だからそう思うようになったのかなって気もする。本当に自分がそう思ってるのか、よくわかんないよ」

「うん、わかるよ。わたしもそうだったから。子どものとき、親にマンガ家になるのを反対されたんだ」

「やっぱりそうなんだ」

「いまの叶ちゃんよりも大きい、十六歳くらいのときだったけど」

そのとき自分がどれだけ真剣に考えていたか、いまとなってはおぼろげなところもある。でも親の期待に背いてはいけない、という無条件の思い込みはあったように思う。

だからこそ素直に親の言葉を受け入れ、マンガ家の夢を封印した。けれどそれゆえに「親に反抗できなかった自分」「意志を貫けなかった自分」は年齢を重ねるごとに恥部として、情けない記憶として自分のなかで膨らんでいった。その結果、二十代半ばで夢をこじらせ、いまの自分がある。

もちろん「マンガ家になりたい」という純粋な思いがいちばん大きかった。そう信じたい。けれど、あのとき親に逆らえなかった自分を拭《ぬぐ》い去りたい、という気持ちはきっと心のどこかにあったはずだ。

もし高校生のときに親に反発して、マンガ家を本気で目指していたらどうなっていただろうか、というのはときどき考える。正直、あの当時の自分がプロとして通用する作品を描けたとは思えない。でも若い感性と予期せぬ才能が融合して、傑作を生み出し売れっ子になっていた可能性もなくもない。妄想に答えはなく、無意味な想像だとはわかっているのだけれど。

「叶ちゃんは、自分のやりたいことをお母さんお父さんには言わないの？」

「うん、でも、自分でもよくわかんないし。それにもしいまから日本の学校に通いはじめても絶対浮くし、いじめられそうだし」

「たしかに」

ふたりで笑った。わたしも一個あたり七十円ちょいの高級チョコパイを口にする。

「しばらくはいまのままがいいんだろうね。でも、もし、自分のやりたいことが見つかったら、たとえ親の期待からはズレたことでも、ちゃんと言ったほうがいいと思う。叶ちゃんのご両親ならきっと否定せずに理解してくれるだろうし。じゃないとわたしみたいに夢をこじらせて、おかしなことになっちゃうかもだから」

「ユメさんは夢をこじらせておかしなことになっちゃったの？」

「おおむね」

「でも本当にプロになったんでしょ。おかしなことじゃないよ」

「ありがと」

その言葉は自分でも意外なほど素直に出てきたし、嬉《うれ》しくもあった。なんだか、温かい気持ちになる。

「でも不思議――」と叶は清々《すがすが》しい顔で言う。「ユメさんといると、なんだかとても、楽ちんかも」

そういえばこの話題になってからの彼女は「絶対天使！ 叶ちゃん！」ではなくなったような気がする。すべてではないとしても仮面《ペルソナ》を一枚取ってくれて、少しだけ素の自分を出してくれているような気がする。

彼女自身がどこまで意識しているかはわからないけれど、親や周りの大人たちが求める「天使な少女」を演じている部分は少なからずあるはずだ。親が求めるものを機敏に察し、その期待に沿うのは、子どもならではの生きる知恵だ。学校などの固定されたコミュニティに属さない生活によって自然と培われた、周りに受け入れられるための処世術であるのかもしれない。

彼女を見て無邪気に天使だ天使だとはしゃいでいた自分が、少し恥ずかしかった。

理由はわからないけれど、自分の前で、彼女が少しでも羽を休めることができたならば光栄なことだった。

こいつはザコキャラだからどう思われてもいいや、だったとしても。


夜になってもうだるような暑さはまったく引く気配がない。

この暑さはいつまでつづくんだ。毎年のようにつづくのか。日本は熱帯気候になってしまったのか。

などと心のなかでぼやきながら夜のまかないを求めて食堂に入ると、台所には大家がふたり揃《そろ》っていた。微笑を浮かべながらカウンター越しに小金井が告げる。

「倉橋さんこんばんは。じつは今晩のまかないは、甕川叶さんのリクエストなんですよ。彼女が猫目荘で過ごすのは、今日が最後になるので」

「あっ、そうでした。あっという間ですね」

もう一ヵ月経つのか、というのが素直な感想だった。ちなみにその彼女の姿はまだ食堂になかった。

「明日の日中にご両親が迎えにくるので、正確には明日の朝のまかないが最後になるんですが、いちおう今晩は軽い送別会のような感じで」

あれからも二度ほど、叶といっしょにお絵かきをした。ペンタブやソフトの扱いはそれなりにうまくなったものの、絵の下手さ加減は相変わらずだった。それでも彼女はとても楽しそうで、そんな彼女を見ているとこちらまで楽しくなれた。

叶のいる猫目荘はいつもより少し明るくなって、楽しくなったと思う。

「こちらが今晩のまかないです」

うしろからひょこっと降矢が現れ、カウンターに料理を載せた。

「パスタ――これはミートソースですか」

「いいえ、ボロネーゼです」降矢がしたり顔で人差し指を左右に振る。「正確にはラグー・アッラ・ボロニェーゼですね。あと日本人はやたらパスタパスタ言いますけど、雑すぎます。鮭もウナギもマンボウも『魚』としか言ってないようなもんです。細長いパスタはスパゲッティと呼ぶべきですし、これは平たいタリアテッレですね。伝統的にボロネーゼにはタリアテッレを使うそうで、というかタリアテッレ以外の麺《めん》を使うとボロネーゼと呼んではいけないそうで。それが叶ちゃんのリクエストでもあったんで」

　ドヤ顔の降矢を横目に、小金井は「好きに呼んでもらって大丈夫ですよ」と笑う。

「彼女は今日仕入れた知識を披露したいだけなので気にしないでください」

「いえいえ、勉強になりました」

　いちおうパスタとスパゲッティの意味は知っていたが、なんとなくパスタと呼ばなきゃいけない感はあるよなと思う。ボロネーゼとタリアテッレの件は初耳だ。

　それにしてもミートスパやナポリタンではなくボロネーゼ、しかも本場ふうというのが十二歳らしくなくて小憎らしい。

　先客の新井と軽く挨拶《あいさつ》を交わし、まかないを持って席へと向かいながら、気づけば降矢もずいぶん大家として馴染《なじ》んできたなと感じる。

　馴染んできたというか、自然体になってきたというか。ボタンに関する話題のときは最初からそんな感じだったが、台所にいるときも以前のようなぎこちなさや緊張がすっかり抜けてきた気がする。

　主賓の叶を含め、ぼちぼちとほかの住人も食堂に降りてくる。叶の最終日だからというわけではないのだろうが、今晩は欠席者がいないようだ。

　全員が揃った食卓はいつになく賑《にぎ》やかなものとなった。やはり話題はすべて叶に関することだ。茅野が聞く。

「けっきょく、ここではみんなとなにをしたの？」

「えっと、イオさんとはディズニーシーに行って――」

思いつくままにずらずらと列挙していく叶の言葉を、ボロネーゼとサラダをいただきながら聞く。

わたしも参加したチーズケーキづくり以外にも、スイーツや料理を何度かつくっていたようだ。降矢や中村とは思いのほかいろんなところに行っていて、水族館に行ったり、高円寺《こうえんじ》で古着屋巡りをしたり。意外というか、らしいというか、蓬田とは三鷹《みたか》まで舞台を見にいっている。らしいといえば、中村といっしょに飯能《はんのう》の山にも登っていたようだ。猫目荘以外のメンバーも参加したキャンプにも行っている。

「あと、外に遊びにいったこと以外にも、いろいろあったよ。えと、ユメさんと何回かパソコンを使ってお絵かきしたし――」

小金井から大家の仕事について話を聞いたことや、中村から旅の話を聞いたことも思い出として叶は挙げていた。ボタンとの交流も、である。

「あ、そうそう！」叶は軽く手を叩《たた》く。「セミの羽化の観察もした！　すっごく、おもしろかった！」

新井が提案し、茅野と叶の部屋でおこなわれたらしい。セミの幼虫を捕まえてくれば室内でも観察できるみたいだ。

わたしは田舎者のくせしてセミの羽化など見たことがない。子どものころは大の虫嫌いだったから見たいとも思わなかっただろうけど――いまでもべつに好きではないけれど――ちょっと楽しそうだ。

ともあれたった一ヵ月のあいだに、彼女はすごく密度の高い人生を送っていたんだなと感心する。

ひるがえってわたしはというと、バイトして、まかないを食って、部屋でごろごろして、バイトして、まかないを食って、部屋でごろごろして、バイトして以下繰り返しである。ハムスターでももう少し波のある生活してるだろ。

現実から目を逸《そ》らすように料理を味わうことに集中する。

きしめんのようなタリアテッレで食べるボロネーゼは初めてで、なるほどソースとよく絡み合い、その独特のもちもちした食感も癖になる。スパゲッティで食べるボロネーゼとは驚くほどに味わいも印象も異なっていた。同じパスタである以上、素材やつくり方はスパゲッティと大きくは違わないのだろうけど、麺ひとつでこれほど料理の印象が変わるのだなと気づかされる。

ソースは肉の旨《うま》みに溢《あふ》れていた。そこにセロリなどの香味野菜、トマトなどが絡み合って立体的な味となり、つまりは問答無用でうまい！　あまり食べる機会がないというか、ほかと比べて若干影の薄い印象があるボロネーゼだけれど、もっと一軍扱いされていい。

いつの間にか降矢も食卓のほうに来ていて、みんなでわいわいと叶との思い出を話していた。

茅野がことあるごとに楽しそうな顔で「いいじゃん」「よかったじゃん」と叶に相づちを打っていて、なんだか母親っぽい。アバンギャルドな彼女の雰囲気と合わないのが、より微笑ましさを増していた。

食事を終えた人もぽつぽつと出てきて、終わりの気配が漂いはじめたころ、ふいに茅野が尋ねた。

「でさ、猫目荘の一ヵ月で、いちばんなにが楽しかった？　いちばん印象に残ったことでも」

「うーん、なんだろ？」

叶がかわいらしく、あざとい仕草で腕を組む。

食卓に緊張が張り詰めるのがわかった。我こそが叶ちゃんのいちばんであってほしい、という願い。人によってはとくに気にしていない様子だったけれど。

「楽しかったというか、いちばんよかったのは、本当にやりたいことが見つかったとき、どうすればいいかわかったことかな」

そう言って叶は、一瞬、ほんの一瞬だったけれどわたしを見て微笑んだ。

食堂にいる誰もが、掴《つか》みどころのない彼女の答えに戸惑ったようだ。時が止まったような沈黙が生まれ、すかさず叶はとびきりの天使の笑顔を見せる。

「全部があたしにとってのいちばんだったってこと！」

回答が大人すぎるよ、と茅野が突っ込み、はじける笑い声とともに食卓の時間がまた動き出す。

でも、叶が語ったのはたしかに、わたしの送った言葉だった。

それがいちばんだったかどうかはどうでもいい。こんな自分でも、たとえ反面教師のアドバイスだったとしても、彼女はきちんと受け取ってくれた。誰かになにかを伝えることができたという事実は、やっぱり嬉《うれ》しくて。

わたしは静かに喜びを噛《か》みしめていた。


翌日の昼間、予定どおり両親が迎えにきて叶は去っていった。

わたしはアルバイトがあったため、立ち会うことはできなかった。叶を見送れなかったことより、彼女の両親を見られなかったことがなにより残念だった。キャラフを描きたくなるくらい「叶の両親像」が自分のなかで膨らんでいただけに、答え合わせができなかったのが悔しい。

叶と入れ替わるように、九月頭、アメリカに行っていた二ノ宮が帰ってきた。約五ヵ月ぶりの帰還だ。

彼はアメリカを徒歩で南北に縦断するアパラチアン・トレイルに挑戦していたわけだが、山火事の異常発生、謎の腹痛による停滞、道具の破損や盗難など、トラブルの多発で予定外の行動を何度も強いられ、行程は遅れに遅れた。さらに心労がたたったためか再び体調を崩した段階で、彼はリタイアを決断。スルーハイク——ワンシーズンでの踏破——を達成できずに無念の帰国となった。

わたしはユーチューブを通して彼の冒険をつぶさに見ていて、トラブルが発生するたびに心を痛めていた。リタイアを決断する配信では自室でぼろぼろと泣いてしまった。けれど配信を通して人間の強さ、すごさを知ることができたし、勇気を貰《もら》えたように思う。

リタイアして戻ってきた二ノ宮をどう迎えるべきか、自分が考えるべきことではないとわかっていても、少なからず危惧《きぐ》していた。ところが彼は相変わらず元気で陽気で明るかった。

叶が去ってなにかが欠けたようになっていた食堂に、再び太陽の光が照らされた感じだ。

その日の夜のまかないは期せずして彼のお疲れさま会のようになったわけだが、残念だったねと言われるたびに「これもまたロングトレイルですから！」と笑顔いっぱいに、むしろ嬉しそうに返していたのが印象的だった。

わたし自身はほとんど会話を交わさなかったものの、人としての本当の強さを見せてもらえた気がする。

なにかに挑戦したからではなく、彼のことを心から尊敬している。

第四話　山紅葉、夢と卵の賞味期限

木々の葉が赤やオレンジ、黄色へと美しく色づく季節。

わたしはその美しい景色を愛《め》でながら山道を歩いていた。

こんなにガチの「山」と呼べる場所に来たのはいつ以来だろう。生まれて初めてってことはさすがにないはずだが、まるで思い出せないくらいに久しぶりだってことは間違いない。

目の前では巨大なザックが揺れている。わたしのものより二倍くらいありそうだ。

背負っているのは中村。半分だけ振り向くようにして語りかけてくる。

「疲れたら言ってね。時間は余裕ありありだから、いくらでも休憩していいから」

「はい、ありがとうございます。でもこれくらいのペースなら、まだぜんぜん大丈夫です」

実際ペースは驚くほどにゆっくりだった。しかも山中というより森といった雰囲気で、傾斜もゆるやかだ。

「でも、こんな時間から登りはじめるのもありなんですね。なんか登山っていうと、すごく朝が早いイメージがあって」

猫目荘を出発したのは朝のまかないを食したあとで、中村の運転するレンタカーに乗り、山梨県の山間にある無料駐車場に着いたのは午後の、すでにお昼と呼べる時刻だった。

「たしかにねー、山は早出早着が基本だから。でもそれも計画次第だよ。ここは駐車場から山小屋まで一時間くらいだし。今回の山旅のテーマは、がんばらない、疲れない、のんびり、だから」

そう言って軽快に笑う。

わたしが今回の誘いに乗ったのは、これくらいの登山なら自分にもできるかも、と思えたのが大きい。

「〝登山〟って言葉はどうしても重たい響きがあるよね」と中村はつづけた。「きつくて、大変で、危険なイメージ。でも山は本来、もっと自由でいいと思うんだよね。どんな登り方をしたっていいし、人の数だけ楽しみ方があっていい。雑誌やネットとか、情報を発信するメディアも、それを受け取る登山者自身も、あまりに偏ったイメージに囚《とら》われすぎてるなってのは思うところかなー。あと、バカのひとつ覚えみたいにみんな富士山《ふじさん》に登りたがりすぎ」

突然放たれた暴言に思わず噴き出してしまった。富士山に人が押し寄せすぎている問題は、ニュースでもよく見聞きする。

「でも、それはわたしもなんとなくわかりますよ。富士山に登ろうとしたことはないですけど、機会があれば一回くらい登ってみたいかな、って気持ちはありますし」

「だよねー。でも、富士登山ってあまりに特殊なんだよね。富士山より気持ちよく、快適に、十倍も百倍も感動できる景色、すばらしい経験ができる山なんていくらでもあるんだけど、初心者や観光客はそういう山には行かない。〝富士山〟というブランド力はとてつもなく大きいよね。富士山は登るものじゃなくて、眺めるものだとわたしは思うけど」

ふと、思い出す。「売れた作品が売れた理由は、売れたから」という言葉。

人を食ったような言葉だが、紛れもない真実ではある。人はけっきょく「売れているから」手に取る。だからこそ〝〇〇万部突破！〟〝発売即重版〟という決まり文句が帯に書かれまくる。中身は関係ないとは言わないが、二の次であるのは事実だ。

富士山も、日本一高い山だから、誰もが知っている有名な山だから、富士山に登ったと言いたいから、みんな登ろうとする。そこでできる経験は二の次だ。どんなお題目を唱えようと、けっきょくのところ「富士山だから」登りたいのだ。

その後もたわいない会話を交わしながらのんびり進んだ。

紅葉の木々がさまざまな色合いで目を和ませてくれる。山道らしい勾配《こうばい》もあったけれど、険しいと呼べる場所はなく、山歩きを楽しむ余裕はあった。

そうして休憩らしい休憩を挟むことなく、あっさりと山小屋に到着した。運動にはとんと縁のない生活ながら、昔から歩くことにはさほど抵抗がない。それにアルバイトで長時間立ちっぱなしなのも運動といえば運動か。それもあってか想像以上にあっさりだった。

初めて目にする山小屋は、ぼんやりと想像していたものよりも大きく、立派なものだった。

ひとり、山小屋のなかで手続きをしてきた中村が戻ってきた。前を見つめ、はじける笑顔で両手をひろげる。

「さっ、どこに設営しよう。よりどりみどりだよ！」

そう、今回わたしたちが泊まるのは山小屋ではなく、テントである。

生まれて初めてのテント泊だ。

中村から「いっしょに山に行かない？」と誘われたときは驚いた。一ヵ月ほど前のことである。

登山なんてしたことないし、自分には無理だと最初は断ったのだが、初心者でもぜんぜん大丈夫な、それでいて秋の山をたっぷり堪能《たんのう》できるプランを考えてるから、と言われて心が揺らいだ。

具体的に話を聞いて、数日考えた末、わたしは「お願いします」と答えていた。

じつはそのころうっすら、山に行ってみたいな、という気持ちを抱いていたのである。きっかけは二ノ宮の動画だった。ロングトレイルという言葉から連想されるイメージはだだっ広い平野や荒野を歩くものだったが、森林や山などを歩くことが多かったのである。

見ていて、やっぱり自然のなかを歩くのは気持ちよさそうだし、いいなと思ったものの、自分には登山なんて無理だと決めつけていた。だからこそ中村の提案してきた〝お気楽登山〟の内容は意外だったし、これなら自分でも問題ないかもと思えたのだ。この機を逃せば、本格的に山に登るなんて二度と経験できないかもしれない。そう思い、彼女の誘いに乗った。

基本的な道具類はすべて中村が用意してくれるというので、わたしは泊まりに必要な日用品のたぐいとウェアだけを準備すればよかった。

まるで知識がないので中村に付き合ってもらい、ファストファッションやアウトレットを利用することで思いのほか安くウェアを調達することができた。汗をかく運動時に綿素材はよくないのだと、この件で初めて知ったくらいだ。防寒用のアウターなどは彼女から借りられたのも助かった。

テント場は広大で、平日とあってか先客も少なく、まさによりどりみどりだった。とはいえ場内も場外も木々が林立しているので、眺望はどこも似たり寄ったりである。中村と相談して、トイレから近すぎず遠すぎず、地面が水平かつ凹凸が少なく、のんびりできそうな場所に決めた。

さっそくテントを設営する。わたしは言われるがままに手伝うだけだったが、意外に簡単だなと感じる。一回練習すればわたしひとりでも張れそうだ。

ふたつのテントの設営はあっという間に終わった。

「ありがとうございます。わたしのぶんまで用意してもらって、しかも運んでもらって」

「いやいや、ここはテン場が近いから楽勝だって。車だったしね」

「ふたり用のテントってのはないんですか」

「あるよ。というか倉橋さんのほうはふたり用だよ。わたしのほうはひとり用」

「あ、そうなんですね」

ちょっと大きさが違うなと思っていたが、そういうことだったんだ。

「でも、ふたり用って言っても狭いでしょ。窮屈に身を寄せ合って寝るのはね。いろいろ気を遣うし。ここは広いし、平日だから空《す》いてるしね」

たしかに、とわたしはうなずいた。

ひとり用と比べて、二倍どころか一・五倍の広さがあるかどうかも怪しい。ふたりだと寝返りも打てそうにない。

「さて！」と中村はにやりと笑う。「テントも無事張れたし、飯にしよう、飯に！」

彼女はいそいそと食事の準備をはじめた。

ふたつのテントのあいだのスペースに、中村はまず携帯バーナーをセットした。次いでかたわらに小さな台を置き、四角く、そこそこ深さのあるクッカーを載せる。

山っぽいなー、本当に山にやってきたんだなー、というバカっぽい感想を抱きながら彼女の様子を興味津々で眺めた。

「どれも、しっかり使い込んでる感じですね。なんかかっこいいです」

「ありがと。最初は目移りしていろいろ買っちゃうんだけど、だんだんと〝自分に必要なもの〟がわかってくるからね。使い込むようにはなるかな。壊れてもまったく同じ型番のを買ったり」

「やっぱり、お金はかかりますよね」

「うーん、個人的にはお金がかかる趣味だとは思わないけどね。やり方次第だし。でも山系のウェアや道具はお金をかけようと思えばいくらでもかけられるし、お金を使うのも実際楽しくはあるよね。一方で百均とかを利用して、安く、自分にちょうどいい道具を創意工夫するのも楽しいんだよ」

話しながら中村は、来る途中に街道沿いのコンビニで買ったおにぎりを取り出し、四角いクッカーに無造作に放り込んでいく。

「え!? そのおにぎりそのまま食べるんじゃないんですか」

ふふふーん、と彼女は嬉《うれ》しそうな表情になる。

「そのまま食べてももちろんおいしいんだけどさ、せっかくだし、ひと手間かけた山ごはんをつくらなきゃね」

購入したおにぎりは三つ。すべて海苔《のり》のないタイプで、鮭やチャーハンなど種類はばらばらだ。

わたしに最初の役目が与えられる。クッカーに入れられたおにぎりをスプーンでほぐして混ぜることだ。

その間、中村はバーナーの上にフライパンをセットし——家庭用と比べれば小振りな、徹底して軽くつくられているのがわかる形状だ——火をつけてゴマ油を適量。そして切り落としのベーコンを無造作に入れて焼きはじめた。

フライパンから肉の焼ける音が響き、ゴマ油の香ばしさが一気に満ちる。

「この音と匂いだけでおいしそうですね」

「山ではやっぱり肉だよ、肉」

ベーコンが焼けたら、クッカーで混ぜたおにぎりを投入。さらに刻みネギと塩胡椒《しおこしょう》を入れて、かき混ぜる。

調味料はラップに包んだり、小さなプラ容器に入れられたりしていた。容積を小さくするためと軽量化のためだろう。

「最後に生卵をひとつ。あとは全体的にカラッとなるまで炒《いた》めるだけ！」

あまりにおいしそうで、調理の様子を見ているだけでおなかが鳴りそうだ。

「よし、こんなもんでしょ。はい！　雑チャーハンのできあがり！」

おにぎりをほぐすために使った四角いクッカーに半分を移し、渡された。中村はフライパンから直接だ。このワイルドさも山っぽくていい。

いただきます、と唱え、受け取ったスプーンで口に運んだ。

よくあるチャーハンとは少し違う、なんとも不思議な味だ。なに味と表現できない複雑怪奇な味わい。でもとにかく確かなことはひとつ。

「おいしいです。すごくおいしいです」

抜群に、最高においしかった。たっぷり入ったベーコンとごはんの組み合わせもばっちりだ。ぽかぽかしていた体が少し冷えてきたところで温かい食べ物が胃の腑《ふ》を満たし、このうえない満足感に包まれる。

「山を歩いておなかが空いたのと、外で食べる効果で五割増しだから」

中村は楽しそうに言った。家で食べても充分においしいのでは、と思えるものの、この雑なつくり方は山だから許される感はある。

「でもほんと、いいですね、山ごはん。自然の景色を見ながら食べると、おいしさアップのバフ効果は実際ありそうです」

「ばふ？」

「あ、えっと、ステータスが上昇したりとか、有利な状態になることです。ゲーム用語、ですかね」

逆に不利な状態になるのをデバフと言う。

「倉橋さんゲーム好きなんだ」

「好きですけど、それほどガチって感じでもなくて、嗜《たしな》む程度ですね。でもオタク界《かい》隈《わい》というか、サブカル界隈というか、そっちだとわりとふつうに使われるんで」

「倉橋さんオタクなんだ」

「どちらかといえば。これもガチガチのオタクってわけでもないんですが……」

べつに恥ずかしさや謙遜《けんそん》で言ったわけじゃない。実際にオタク系のコンテンツは好きだし、ファッションオタクというほど浅くはないつもりだけど、生活費を切り詰めてまで推しに貢いだり、特定のコンテンツに沼のようにハマることもない。節度を保とうとしているわけではなく、性格的にとことんハマれない性分なのだ。

身を持ち崩すことはなく、健全ではあるものの、こういう中途半端さがマンガ家としてうまくいかなかった理由かな、と思うところはあった。成功する人はどこかエキセントリックというか、とことん行っちゃえるパワーがあるように思えるのだ。

話題を逸《そ》らすようにわたしは尋ねる。

「中村さんは、とことん、がっつり山にハマった感じですか」

「まあ、そうかな。自分でも意外だったよね。最初はほんと、付き合いで、という感じだったし」

「以前いた大家さんの影響、でしたっけ」

「そうそう。だからもう、十年くらいになるのかな。うん」

「そんな昔から猫目荘に住んでたんですね」

「猫目荘自体はもうちょっと短いけどね。えっと、今年の三月で丸九年。いま十年目かな。小金井くんとは猫目荘をはじめる前からの知り合いでさ。会社の同僚。彼経由で深山《みやま》さんとも仲よくなって。あ、深山さんってのが三月までいた大家のひとりなんだけど——」

こんがらがるわたしに、中村は一から説明してくれた。

中村と小金井はかつて、大手書店の正社員だったらしい。

お互い異動によって同じ部署となり、初めて知り合いとなった。文房具や雑貨関係の業務をおこなう部署である。

「わたしのほうが入社した年も、年齢もひとつ上だったんだけど、すごく馬が合ってね。お互い本好きで、それで入社したんだけど、本とは関係のないところに配属になって、同じように戸惑ってたのもあるかも」

そう言って中村は乾いた笑いを漏らす。

「その前の年、二十六歳のときにわたしは職場結婚をしたんだけど、一年保たずにダメになって、離婚して。恋愛や結婚はもういいやって時期で。うーんと……」

困ったような顔で彼女は頬を掻《か》く。

「これはいろいろ、プライバシーに関わるところなんで詳しくは話せないんだけど、お互いにいい感じの相手だったんだよね。歳は近いけど恋愛関係抜きで、損得とか駆け引きなしで、異性だけど腹を割って本音で話せる相手でさ」

ふたりが出会った次の年、冬の終わりごろ、中村は小金井から深山を紹介される。

「居酒屋だったかな。そこでさ、ふたりから猫目荘のアイデアを聞かされたんだ。もちろんそのときはまだ『猫目荘』って名前は決まってなくて、『新しいコミュニティのかたち』を実現する下宿屋をやりたいんだと。発端は小金井くんだったけど、ふたりでアイデアを煮詰めていったみたい。それを手伝ってくれないかって。女性としての意見が聞きたいってのもあったみたい。その点で役に立てたかどうかはわかんないけどね」

しかし中村はふたりの夢の実現に向けて、決定的な役割を果たす。

のちに猫目荘となる物件を見つけたのは中村だったのである。

「もともと親戚《しんせき》のおじさんがアパートとしてやってた建物なんだよ。親戚と言ってもなんて呼べばいいのかよくわからないくらい離れた、当時すでにおじさんというよりおじいさんと呼べるくらいの歳だったけどね。でも、子どものときからよく知ってる人でさ」

その彼はすでに隠居生活に入っており、建物は二年以上放置されたままだった。立地がいいとは言えない場所で、古くもあり、店子《たなこ》が集まらなくなったことに加え、おじさんも歳を取って体調を崩したりでアパート経営から身を引いていたのだ。

その話を中村は聞いていたものの、小金井から協力を頼まれたときにはすっかり忘れていたようだ。しかしその後ふとしたきっかけで思い出し、もしかして使えるんじゃないかと考えが及ぶ。

「長いことただの賃貸物件だったんだけど、昔々は下宿屋をやってたって聞いてたしね。条件としてはぴったりかもしれない、ってことでさっそく三人でおじさんのところに行って」

下宿屋を復活させたいというふたりのプランに、おじさんはずいぶん喜んだらしい。さらに中村の伝手《つて》ということもあり、信じられないほど格安で借りることができた。

そして、猫目荘が誕生した。

「ふたりからはさ、お礼ということで『三年間住み放題食べ放題権』を提案されたんだけど、さすがにそれは大きすぎでしょと。べつにお金には困ってなかったしね。わたしは最初から住むつもりだったけど、軌道に乗るまではふたりも大変だろうし。だからさ、この先、もし生活に困窮することがあったら、一年間タダで住まわせてくれって。一年間タダでまかないを食わせろってことにしたの。なにがあっても一年間、住むところと食べるものが確保できるって思えばすごく安心じゃない。そして！　ついにそのときが来たわけ。仕事を辞めて二年間放浪して、すっからかんになっちゃったからね！」

中村は豪快に笑った。

その姿を見ていると、一年間の無料権を行使するためにわざとすっからかんになったんじゃないかとすら思えた。

わたしは最後の雑チャーハンを口に含み、味わった。あんなに雑で簡単な料理なのに、なんでこんなにおいしいのだろうと不思議に思う。

「でも、そこからどうして会社を辞めて、旅に出たんですか。すごいな、とは思うんです。そんな大それたこと、わたしには絶対無理ですから」

「え？　倉橋さんも会社辞めてマンガ家になったんでしょ。似たようなものだし、むしろすごいじゃん」

あ、そっか。といまさらながらに自分の人生を思い出す。

「同じ、ですかね。自分はただたんに仕事が嫌で嫌で、逃げ出したかったから。その口実をつくるためにマンガ家になろうとした、ってのも正直ありますし」

「わたしも似たようなもんだよ。正しい、あるいは賢い、とされる生き方から逃げ出したようなもん」

そう言って薄く笑った中村の表情は、けれど確信犯のようなふてぶてしさもあった。

ふいに彼女は大きく体を傾けて、かたわらにある自分のテントに半身を突っ込んだ。戻ってきた彼女の手には厚切りベーコンが握られている。

「まだ食べられるでしょ？」

「あ、はい。ぜんぜんいけます」

ベーコンおかわりだ。中村は再びバーナーを点火し、空になったフライパンにそのままベーコンを二枚載せた。ジュウジュウと食欲をそそる音が林間に響き渡る。

「わたしはさ、けっこう人生に満足してたんだ。本に関わる仕事にも就けたしね。職場に不満がないと言ったら嘘になるけど、おおむね満足してたし、自分は恵まれてるなって思ってた。好きになった人と結婚することもできた。でも、そこからおかしくなってきたんだよね。

彼がわたしに専業主婦を求めているのを知ったのは、結婚してからで。それ以外にも数え上げたらきりがないくらい、ことごとく彼とわたしの価値観は違ってて。とくに夫婦や家族に対する価値観は、かな。結婚は勢いだって言うし、わたしもそういうもんだと思ってたけど、なんで結婚前によく話し合わなかったのかなって後悔した。

努力はしたよ。違う人間なんだから価値観が違うのは当然で、そこをすり合わせていくのが夫婦ってもんだろうって。でもさ、意見が対立するたび、彼は『うちの家では――』『うちの両親は――』ってのが口癖で。彼は『わたしと新しい家庭』をつくりたいんじゃなく、『両親みたいな家庭』をつくりたいんだとわかったとき、この人と同じ道は歩めないと悟っちゃった。ほんと、悟ったって感じで、ある日突然すとんと腹に落ちてきたんだ」

中村はベーコンをひっくり返す。再び油の音が心地よく響いた。

「一年経たずに離婚したから、いろんな人から、いっぱい、いろいろ言われたなー。

表向きは冗談交じりだし、こっちも笑って流してたけど、当時はけっこうキツかったなぁ。ま、結婚のときに祝福してくれた人からしたら、おめでとうを返せってもんだよね。ご祝儀もね」

彼女はくすくすと笑う。

「我慢が足りない、辛抱が足りないってのは何回聞かされただろ。両親からもね。多かれ少なかれ、結婚すればみんなそうなんだって。みんな我慢して、辛抱して、そうして本当の夫婦になるんだって。

それからずっと悩みつづけた。我慢できなかったわたしが悪かったんだろうかって。でも、それから何度考えても、あの道の先にわたしの幸せはなかったと断言できた。その思いはいまも変わらない。離婚して本当に、本当によかったと思ってる。我慢することが結婚なのだとすれば、わたしには向いてなかったってこと。

でも、実際はそんなことないと思いたい。仲よくやってる夫婦がふつうだと信じたい。わたしはたまたま相手と合わなかっただけ。だってそうじゃないと、なんでみんな結婚するのかわかんなくなっちゃう。我慢しつづける場所に幸せがあるとは思えないもの。——あ、そろそろできたかな」

中村はバーナーの火を止めて、ベーコンにスプーンを突き刺して持ち上げた。先が割れていて、フォーク代わりにもなるのだ。それでいてスプーンとして使っても違和感なく、使いやすいのだからよくできている。

残った一枚をフライパンごと渡されたので、わたしも彼女に倣ってスプーンをベーコンに突き刺した。実家でこんな食べ方をしたら両親に怒られそうだけど、山では許される、はずだ。

焼き立て熱々のベーコンは、まだ表面がジュウジュウといっている。やけどしないように気をつけつつ、端のほうを嚙《か》みちぎるようにして頰張った。

口のなかいっぱいに肉の味がひろがる。焼き立ての香ばしい肉の風味。命をいただく味。無条件の幸せを届けてくれるおいしさ。

山で食べる焼き立てベーコン最強！　と心のなかで両手ガッツポーズ。

「おいしいっしょ、ベーコン」

「おいしいっすね、ベーコン」

「ごめんねさっきから、わたしばっかり自分語りしちゃって」

「いえ、ぜんぜん。すごく、おもしろいって言ったら、失礼になっちゃうかもですが——」

「ぜんぜん失礼じゃないよ。おもしろいと思ってくれたらこっちも本望だ」

「つづきを聞かせてください。そこから、どうやって二年前の旅に繫《つな》がったのか、興味があります」

「うんうん、よかった。えっと、どこまで話したっけ――」中村はもぐもぐしながら中空を見やった。「そんな感じで、離婚して鬱々《うつうつ》としていた時期に小金井くんと知り合えたのは、ほんとラッキーだったと思うんだ。ほんと彼にはいっぱい愚痴を聞いてもらったし、世界がひろがったというか、自分の常識なんかちっぽけだなと思い知らされて、価値観もひろがったし。彼のおかげでいろいろ整理することができたし、ほんと感謝してるんだ。

それで深山さんと知り合って、仲よくなって、いっしょに山に行くようにもなった。さっき言ったように、そしたらどんどんハマっちゃってさ。猫目荘ができた年には、ひとりでテント背負って山に行くようになっちゃってて。

離婚してからずっと、気持ちが内に向いてたからさ。自然のなかに身を置くと、いろんなもんから解放されるんだよ。人工物に囲まれた場所は人間にとってもやっぱり不自然で、心に負担がかかる場所なんだって実感した。それにさ、新しい景色を見られるのが本当に楽しくて。こんな近くに、いままで気づきもしなかった美しい景色がいっぱいあるんだなって。

山の景色ってさ、写真や動画で見るのと、実際にこの目で見るのと、まったく違うんだよ。地球の大きさを実感できるスケール感、呑《の》み込まれるような実在感。目の前にひろがる本物の景色は、ここに辿《たど》り着けた人間にしか見られない。その達成感がすごくある。それに自然は毎日少しずつ変化してる。この景色はこの一瞬だけのもので、自分だけのもので」

遠くを見つめ、うっとりと語っていた中村の表情がふいに曇る。

「でもさ、どんなにがんばったって、わたしがこのあと見られる景色なんてたかが知れてるんだよなって、ある日思っちゃった。一生かけてもわたしがこの目で見られるのは、世界の欠片《かけら》の、さらに欠片の欠片だけ。

そう考えるとちょっと寂しくはあるんだけど、それはそれで気持ちが少し楽にならない？　なにをしたって、どう生きたって、すべては欠片の人生。それはどんな金持ちだって、どんな有名人だっておんなじ。だったら好きなように生きたほうがいいかなって、山の上で、空をゆっくり舞ってる鳥を眺めながら思ったんだ。じゃあ、会社辞めて旅に出るかと」

「え？　いきなりそこに繋がるんですか？」

「うん。そこに繋がるには、もうひとつ大きな要素があったんだけど、それはまたあらためて話すとして」

そう言って中村は最後のベーコンを口に放り込んだ。ゆっくりと咀嚼《そしゃく》しながら「そんでさ――」と聞き取りにくい声で言う。

「できるならやっぱり、自分だけの景色を見たいじゃない。だから日本をのんびり旅することにしたんだ。そのへんのノウハウは山で身についてたしね。海外、たとえば南米とかネパールを旅することも考えたけど、やっぱり怖いじゃん。その点日本だったら、まあ大丈夫かなと」

中村の笑顔はやわらかく、すてきだった。

率直に、すごいな、と思う。似たようなもの、逃げ出したようなものと彼女は言っていたが、やっぱりぜんぜん違うと思う。少なくとも彼女のように、わたしは自分の人生を肯定できそうにない。

その後はコーヒーを飲みながら、中村に巧みに促され、わたしも来し方を語ることになった。

子どものころから抱いていたマンガ家の夢と、それを封印した過去をあらためて話し、大卒で就職したあともずっと仕事に違和感を抱いていたこと。そこから逃げ出すようにはじめたマンガ家への挑戦。そして短いプロ生活。

けっきょく、わたしのほうが時間としては長く語ることになった。

やっぱり自分の人生を肯定はできなかったし、彼女のように笑顔では語れなかったけれど、語ること自体はけっして苦痛ではなかった。多少なりとも吹っきれた感はあった。会社を辞めたことも、マンガ家に挑戦して失敗に終わったことも、三十半ばにしてフリーターになってしまったことも、それほど深刻に考えることでもないかなと。大自然に囲まれているおかげか、中村の話を聞いたからか。たぶん、そのどちらもだろう。

話を終えると、しばし鳥のさえずりが沈黙を埋めた。ふいに中村は尋ねてくる。

「マンガは、やっぱり描いてないの？」

「ですね。もういちどやっても、プロとして復活できるビジョンが見えないですし。もう、わたしの賞味期限は切れたかなって。いや、もともと切れていたんだと思います。二十代半ばで挑戦をはじめた時点で」

「夢の賞味期限切れ、か。まっ、たしかにそういうのはあるよね」

「ですよね」

「知ってる？　卵って冬場だと二ヵ月近くは生で食べても問題ないって」

突然なにを言いはじめたのかと、きょとんとする。

「そうなんですか？　賞味期限ってだいたい二週間くらいですよね」

「まあ、販売方法とか、ひびが入ってないかとかで一概には言えないんだけど、賞味期限はちょっとビビりすぎだよね。夏場でも冷蔵庫に入れておけばふつうに一ヵ月は保つ。加熱調理するならもっともっとぜんぜん食べられる。責任は持てないから自己判断で、ってことにはなるんだけど、少なくともわたしは期限から二週間、三週間すぎた卵も平気で食べるし、それでおなかを壊したことはない。味も問題ないしね」

「そうなん、ですね。ほとんど料理はしないので、知りませんでした」

実家ではどうだっただろうと考える。母親はわりと賞味期限を気にする人だったので、一日でも過ぎたら廃棄していそうだ。卵って中《あた》るとひどい目に遭いそうだし。とはいえ母親は毎日欠かさず家族三人の料理をつくっていたので、そうそう賞味期限を切らすことはなかったと思える。

「だからさ——」なにごとかを企《たくら》むような嫌らしい表情で中村が見つめてくる。「結芽ちゃんも、加熱すればまだまだ食べられるんじゃない？」

「なんか、言い方がエロいです」

「たしかに！」

中村は大口を開けて豪快に笑い、釣られてわたしも大声で笑ってしまった。

なにげに初めて「結芽ちゃん」って呼ばれたなと思いつつ、ここに来てよかったな、という思いを噛みしめる。はっきりと自覚はできないけれど、自分のなかでなにかが変わりはじめている感覚はあった。

🐾

初めて経験するテントでの眠りは快適とは言い難かった。

寒さは問題なかったものの、寝床は空気で膨らませたマットで、体よりも少し広いくらいの幅しかない。けっして寝心地が悪いわけではないのだけれど、やはり慣れない感覚、慣れない環境になかなか寝つけなかったのだ。

そのせいか目覚めたのは七時半をすぎた頃合いで、ふだんよりも遅かった。

もそもそと身を起こし、最低限の身だしなみを整えてテントの入口を開けた。視界が光に溢《あふ》れ、朝の澄んだ冷気に包まれる。

向かいの中村は、テントの入口に腰かけるようにしてコーヒーを飲んでいた。

「おはようございます」

「結芽ちゃんおはよう！　今日もよく晴れてる。気持ちいい天気だよ」

けっきょくあれから、わたしは「結芽ちゃん」と呼ばれるようになった。この歳になってそんな呼ばれ方はとんとご無沙汰《ぶさた》だったので少し気恥ずかしくもあったけれど、意外と悪くはない。

「すみません、たっぷり寝てしまいました」

「ぜんぜん大丈夫。なんの予定も立ててないからね。寝たいだけ寝ていいんだから」

「のんびり、まったり、がテーマですもんね」

そうそう、と中村は笑う。

「コーヒー飲む？　それとも朝ごはん食べる？」

少し考え、「朝ごはんでお願いできますか」と答えた。すっかりおなかが空《す》いている。

朝食はホットサンドだった。

食パンにバターを塗って、ハムとチーズを載せて、もう一枚の食パンで挟む。で、焼く。それだけだ。

王道のレシピだけれど、ひとつ変わっているのはホットサンドメーカーを使わず、昨日のフライパンで焼くことだった。ただしそのままではホットサンド感が薄いので、パンの上に昨日使った四角いクッカーの蓋《ふた》を載せ、上から押さえつけながら焼くのだ。

「キャンプと違って、あれもこれもとは持ってこられないからね。かといって、楽しむことは我慢したくない。創意工夫が問われるし、それを考えるのも山の楽しみだよ」

ひとつずつしかつくれないので、申し訳ないと思いつつ先にいただく。

ホットサンドメーカーでつくったほどには圧縮されてはいなかったけれど、出来映えは充分にホットサンドだった。大口を開けて角っこをがぶりと頬張れば、焼けた小麦の香りがまっさきに鼻腔《びこう》をくすぐる。

おいしい！

チーズのまろやかさとハムの味わい、焼いたパンの食感と香ばしさの組み合わせは最小限にして、最大限。これ以上引いたら物足りなくなるし、これ以上足したら個性がぼやけてしまう。

そこに澄んだ空気と、目に鮮やかな緑、木々の匂い、さまざまな小鳥の合唱が加わるのだ。なんて贅沢《ぜいたく》な朝食なんだろうと思える。

間違いなく人生最高のホットサンドだった。

ま、数えるほどしか食べたことはなかったけど。

朝食を終えたところで中村が尋ねてきた。

「今日はどうする？　一日ここでのんびりしてもいいし、軽く山に登ってもいいし」

今回はここで二泊する予定だった。一泊だと行き帰りの移動が多くを占めてしまうし、「のんびりするにはやっぱり二泊はしなきゃ」という中村の言にわたしも賛同したからだ。とくに彼女は運転の負担もある。

「せっかくですし、少しはちゃんと山に登りたいですね」

駐車場からここまで一時間ほどしか歩いていない。さすがにこれだけで帰るのは物足りなかったし、ずっとここにいても時間を持て余しそうだ。「でも――」とつづける。

「荷物はどうするんですか。全部片づけて、またザックに詰めるんですか」

それはかなりめんどくさそうだ。ところが中村は「まさか！」と笑う。

「必要なものだけを小さなザックに入れて、あとは全部ここに置いてくよ。結芽ちゃんは貴重品とボトルだけでいいかな。でもたしかに、知らない人からすれば奇妙に感じるかもね」

デポ、と呼ばれ、山ではよく使われる方法なのだという。

ベースキャンプのように、設営したテントに大半の荷物を置いたり、山小屋の脇や道の途中にザックを置いて山頂に向かったり。

「盗難とか、大丈夫なんですか」

「大丈夫。山を愛する人に悪い人はいないから！　と、言いきれないのが世知辛いんだけどねー」

中村は苦笑した。実際、デポした荷物の盗難はゼロではないらしい。

「とはいえ、本当にごくごくまれな、熊に遭遇するよりまれなことだよ。たいていの山小屋、テント場は、山道を何時間も歩かなきゃ辿《たど》り着けないしね。そんなとこで他人の荷物を盗もうとは思わないよ」

けれど財布やスマホなどは当然持ち歩くし、電子機器など小さくて高価で換金性の高いものは持っていったほうが無難だという。

「で、山なんだけど、じゃあ瑞牆山《みずがきやま》に登ろっか」

「あ、来るときに見た、あの山ですか」

駐車場から山小屋に向かう途中、きれいに開けた場所があり、そこから見事な山が見えた。それが瑞牆山だと教えてもらったのだ。山頂付近は岩の塊という感じで、厳《いか》めしくも美しい、独特の風貌《ふうぼう》を持つ山だった。

「あんな場所まで行けるんですか」

「行けるよ。目に見える場所は、だいたい行ける」

「ブレワイやティアキンみたいですね」

「ぶれ……なにそれ？」

「ごめんなさい。こっちの話です」

ゲームは嗜《たしな》む程度、のわたしでも夢中になって遊んだ大ヒットゲームの略称だ。

「瑞牆山は登りごたえが適度にあって、山頂からの景色もいいし、わたしも好きな山だよ」

ここからだと片道二時間程度で行けるようだ。後半は岩場も多く、初心者向きのコースではないけれど、べつに無謀というほどでもないと中村は言った。とくにわたしはほぼ空身で登れるし。

「どうせ往復コースだしね。無理せず、ダメそうなら途中で引き返してもいいし。道中にはおもしろい景色もあるし、楽しめると思うよ」

異論があるわけもなく、わたしはうなずいた。

🐾

瑞牆山への道のりは、さすがに本格的な登山道といった趣だった。地面も石が多く、歩きにくい。

しかし、音を上げるほどではなかった。わたしが持っているのは水の入ったボトルくらいで、荷物がほとんどないのが大きかったと思う。中村も「けっきょく登山のつらさは荷物の重さとイコールだよ」と言っていたくらいだ。

道中、真っ二つに割れた丸い巨岩が現れた。「桃太郎岩《ももたろういわ》」と呼ばれる名所らしい。最近では『鬼滅の刃《きめつのやいば》』で主人公の割った岩になぞらえられることもあるようだ。直径十メートルはありそうな巨岩で、その迫力と存在感に圧倒された。

勾配《こうばい》のある登りは身軽でもそれなりの負荷がかかる。けれど先導する中村は息が切れない程度の速度でゆっくり登ってくれるので助かった。

「でも、今回の登山はほんと意外です」

「なにが？」

「昨日も言いましたけど、朝のんびりなのも意外ですし、きっちり予定を立てないのも意外で。なんか登山っていうと、事前にきっちり計画を立てなきゃいけないイメージがあったんで。こういうのもありなんだな、って。もちろん中村さんがいるからできたことだと思いますけど」

「たしかにね。初心者がいきなり無計画に山に行くのは難しいというか、危険ではあるし。でもさ、わたしもある程度経験を積んだ段階でもそう思ってたんだ。思い込んでた、というかさ。登山というのは下調べを十二分にして、綿密に計画を立てて、天候や体調不良などで予定が狂った場合のプランB、プランCも策定して、なにがあっても大丈夫なように完璧《かんぺき》な事前準備をして臨むものだって。雑誌でも、山小屋の人も、熟練の登山者も、みんなそう言ってる。そもそも『登山届』っていう制度がそれを前提にしてるよね。

　ま、理由はわかるんだ。世の中には驚くほど考えの浅い人がいるんだよ。ヘッドライトすら持たずに山に登る人、経験もないまま普段着で冬山に登る人もいるからね。ほんと、あきれるよね。そんな人間でも、遭難したら危険を背負って救助に行かなきゃいけない。山小屋の人も、仕事をほっぽり出して救助に行かなきゃならない。ほんと、いい迷惑だよ。それにどんなに無知で身勝手な人間でも、死なれたら寝覚めは悪いしね。口を酸っぱくして安全登山、安全登山って言うのは理解する」

登山道に横たわる倒木を、中村は「よっ」と軽快に踏み越えた。必要なものだけを詰めた小さなザックも軽快に揺れる。

「でも、あるとき読んだ、冒険家であり登山家でもある人物の言葉に衝撃を受けたんだ。その人は地図を持たず、下調べをせず、目的地を定めず、予定を立てない漂泊の登山をやっててさ。曰《いわ》く、目的地を定め、予定を立てると、どうしたってそれに縛られてしまう。下調べをして、地図を持てば、ただの答え合わせの旅になってしまう。土地の表面を引っ搔《か》くだけの、薄っぺらい、味けない旅になってしまう。

地図を持たず、下調べをせず、目的地を定めず、予定を立てない漂泊の登山は、どこに向かうか、なにをするか、食料の調達をどうするか、どこで寝るか、五感を研ぎ澄まして瞬間瞬間に考え、決めなくちゃならない。だからこそ周りにある世界は濃密になり、意味を持って立ち上ってくる」

前を歩く中村の表情は見えなかったけれど、満ち足りた表情で、楽しそうに話しているのは手に取るようにわかった。

「もちろん彼はそれができるだけの技術と経験、体力と知識があるからで、わたしは遠く及ばないけれど、『答え合わせの旅』という言葉にすごく共鳴したんだ。ずっと言語化できずにいたもやもやを、見事に言い当ててくれたっていうのかな。たとえば、あと百メートル歩けば真っ二つに割れた『桃太郎岩』と名づけられた岩が出てくると知ってたのと、まるで前知識なく突然あの岩に出くわしたのと、ぜんぜん感動が違ってくるじゃない」

「あ、はい。それは、すごくわかります」

中村は事前に「桃太郎岩」のことをわたしに伝えなかった。だからこそ突然現れた巨大な、真っ二つに割れた岩に驚いたし、感動も大きくなったと思う。

「その人は、GPSを使うと世界と自分は切り離されてしまうとも言ってて。それもすごくわかるんだ。GPSは便利だけど、持ってしまうと、景色は、ただの景色になっちゃう。自分とは関係のない、壁にかけられた絵とおんなじになっちゃう。

山であろうと街なかであろうと、GPSを捨てれば周りの景色がとたんに意味を持ってくる。現在地を知るためには周りのすべての情報を集めて、自分のなかに取り込まなきゃならないから。自分と繋《つな》がって、関係性が生まれる。それが、表面を引っ掻くだけの観光じゃない、深く旅をするってことなんだ」

彼女からは見えない背後で、わたしは小さくうなずいた。

なんの話をはじめたのかと最初は戸惑いもあったけれど、中村の言わんとするところ、その冒険家の思想というのはなんとなく理解できたように思う。

答え合わせの旅、世界と自分が切り離される感覚というのは、たぶん中村ほどの実感は得られていないと思うけれど、わたしなりに腹に落ちる感覚はあった。名所を巡る観光では、わたしも違和感を覚えることがあった。

昔、有名な鍾乳洞《しょうにゅうどう》に入ったことがある。そこでは特徴的な鍾乳石《しょうにゅうせき》に『天女の羽衣』などといった名称が掲げられていて、ひどく興醒《きょうざ》めしたことがあった。その名称にセンスがあるとかないとかは関係ない。入口で渡されたリーフレットには順路が示され、どこになにがあるかが書かれている。それを順番に確かめていく「観光」という名の作業。洞窟《どうくつ》の保護や、安全のためだとはわかるのだけど、しっかりと整備された道の上しか歩けないのももどかしかった。

整備された道も案内も命名プレートもない、素のままの鍾乳洞を見たかったなと思った。初めてここに足を踏み入れた人は、わたしの何千倍も感動したんだろうなと想像し、ただただ羨《うらや》ましかった。

そしていまの話は、以前彼女から聞いた話と繋がっているのだとも気づいていた。

「以前、中村さんはおっしゃってましたよね。日本を巡る旅で、予定は決めず、目的地は定めなかったって。いまの話って、そこに繋がるってことですよね」

旅の最後は沖縄に行ったと聞いたときのことだ。スタンプラリー的な行動は避けたかったと彼女は語っていた。スタンプラリーは予定された道順をなぞるだけの、まさに答え合わせの旅だ。

「そうそう！　よく覚えてたね！」

中村は顔を振り向かせながら笑った。

いよ。予
を求める
ものはそ
いように、
て、絶対

に道を踏みはずさないように、整備された道を、予定どおりの道を歩む、答え合わせの人生。そういう人生を否定はしないよ。むしろそれが多くの人にとっては『いい人生』なんだと思う。正しく、賢い生き方なんだと思う。でも、わたしはつまんないなって思っちゃったんだ。

それよりも行き先を定めず、ＧＰＳを持たず、周りの景色を見て、その場その場で行き先を決めていく人生のほうが楽しいんじゃないかって思えたんだ。世界と深く繋がれる気がしたんだ。予定をこなすことに一生懸命だったら気づけなかった、自分にとって魅力的な横道にも気づけるかもしれない。そんなすてきな横道に、気の向くままふらっと入っていける人生。その先にはなにもないかもしれないし、嫌な思いをするかもしれない。危険な目に遭うかもしれない。でも、自分にとってかけがえのない体験が待っているかもしれない。そう思えるだけでも、未来を決めない人生は楽しいんじゃないかなって」

「だから――」気づけばわたしは言葉を発していた。「会社を辞めて、旅に出たんですね」

「そう！　わたしは何者でもなくなったの。だからこそ、この先の人生にわくわくしてるんだ。この道の先になにがあるか、ぜんぜん見えないから」

そう言って、「あ！」と大声を上げて振り返る。

「ごめんごめん。この先にあるのは間違いなく瑞牆山の山頂だよ」

わたしは思わず笑ってしまった。

後半になってくると両手や梯子《はしご》、鎖を使わなければ登れない岩場が現れ、山頂に近づくにつれて険しさは増していった。

中村は「怖かったり、無理だと思ったら遠慮なく言ってね。無理して怪我したらバカバカしいしね」と言ってくれたが、体力的には問題なかったし、怖いとまでは思わなかった。しっかり体を保持し、慎重に足を運べば大丈夫だ。

体の使い方など中村のアドバイスを受けながら無事に岩場を通過し、瑞牆山の山頂に立つことができた。達成感に包まれる。

初めて登った二千メートル峰の頂は、わたしが持つ山頂のイメージとはかけ離れたもので、ごつごつとした岩場がひろがるばかりの場所だった。

かろうじてふたりが座れる場所に陣取り、コーヒーを飲みながら景色を眺める。

標高二千メートルを超える岩塊から眺める景色は、最高のひと言だった。眼下には数えきれないほどの山がひろがっている。遠くには南アルプスや八ヶ岳《やつがたけ》の雄大な山脈があり、さらには威風堂々と聳《そび》える富士山も拝むことができた。

山々の、大地の、圧倒的な存在感。地球の息吹《いぶき》、壮大さを感じられる景色。この胸を打つ感動、喜びは、絶対に写真や動画では得られないものだと実感する。頬をなぶる風が火照った体に心地いい。

山頂でたっぷり休憩してから、同じ道を戻って下山した。体力的には楽だったものの、岩場は登りよりも下りのほうが少し怖かった。

二日目の夜は初日よりはちゃんと眠れた。エアマットの感触やテントの環境に慣れたのもあるだろうし、初日以上に体が疲れていたのもあったはずだ。

三日目は早起きできたこともあり、このまま帰るのももったいないかと、往復二時間程度の軽い山行をおこない、昼前には車に乗って帰路についた。

帰りには温泉に寄って、三日ぶんの汗を流した。蓄積した疲労がお湯に溶けていく、人生でいちばん気持ちのいい温泉だったかもしれない。

丸二日以上お風呂《ふろ》に入れないのはきついかなと出発前は思っていたのだけれど、毎夜お湯を浸したタオルでの清拭《せいしき》をすれば意外と気にならないものである。

三日間、大満足の山行だった。

承諾したあとも少なからず葛藤《かっとう》はあったのだけれど、本当に行ってよかったと思う。決断した過去の自分を褒めてやりたいし、中村には心からの感謝を伝えた。

彼女は、この旅でわたしになにかを伝えたかったのだと思う。

マンガ家を辞めて燻《くすぶ》っている、このわたしに。

その気持ちがなにより嬉《うれ》しかったし、感謝したかったことだ。けれどそのことは口にはしなかった。中村も面と向かって言われると恥ずかしいだろうし、わたしも気恥ずかしい。

彼女の気持ちに応《こた》えるには、なによりわたしが次の一歩を踏み出すことだと思える。

猫目荘に越してきて、いろんな人から、いろんなかたちでヒントをもらった気がする。

猫目荘とて、べつに毎日のように交流があるわけじゃない。けれどここには偶然の種があちこちに転がっていて、小さな一歩を踏み出すことで得られたものもあった。

前の部屋に住んだままで、バイト先と自宅を往復する生活を送っていたら、答えの見えない袋小路《ふくろこうじ》に迷い込んでいた気がする。

人と人との関係はときに軋轢《あつれき》を生み出すけれど、人との関係がなければ得られない体験、得られない気づきはあるのだと教えられた。

とはいえ、いまもわたしは答えを見出《みいだ》せていなかった。

鬱々《うつうつ》とした気分ではない。漂泊するいまの状況を楽しめているとまでは言えないが、以前ほど否定的に捉《とら》えてもいない。それでも自分はなにをしたいのか、どうしたいのか、自身のなかにある答えはドロドロとした泥濘《でいねい》の奥にあっていまだに見えてこない。

しかし冬の寒さが本格的になるころ、否応なしに自身と向き合わされる出来事が起きた。

運んできたのはかつてのマンガ家仲間、示野ナゴミだ。

その話はわたしにとって、まさに青天の霹靂《へきれき》だった。

第五話　冬の鍋、世界を変える扉は開く

師走《しわす》の風に体を縮めつつ、スマホの地図を頼りに辿《たど》り着いた店は、想像以上に高級そうな鍋《なべ》料理屋だった。

GPSは、まあ、やっぱ、便利だ。

受付で「示野」の名を告げ、案内された個室に向かう。

メッセージを送ってきたのは言うまでもなく彼女のほうからだ。年末ですし、またそろそろ食事にでも行きませんか、と。

もう二度と関わり合うことはないと思っていた相手だ。なんだかんだと理由をつけて断ろうとしたのだが、相手はいっこうに譲る気配はない。嫌いになったんですか、どうしても会ってくれないんですか、と詰め寄られれば、こちらが折れるしかなかった。

べつに示野のことが嫌いではないのだ。会いたくないのはこちらの勝手な感傷でしかない。ただ、彼女の執拗《しつよう》さにはただならぬものを感じた。理由もなくただなんとなく会いたい、だけではない裏があるような気がした。

個人的になにか相談したいことがあるのか、なにかトラブルにでも巻き込まれたのか、などとも考え、無下に断りづらくなったのもある。

示野に承諾の返事を送ったあと、すっかり見ることもなくなっていたアプリを立ち上げ確認してみたが、彼女の連載『きょうはおそとでごはんを食べよう』は問題なくつづいている。内部事情はもはや部外者となったわたしの知るところではないものの、扱いなどを見るかぎり相変わらず作品人気は高そうだ。ネットで彼女の名前や「きょうそと」のことを検索してみても、とくに炎上やトラブルはなく、むしろ着実に知名度と人気を伸ばしている印象だった。

個室の戸を開けると「お久しぶりですー」と示野が相変わらずの笑顔で手を振ってきた。

とりあえず深刻な話ではなさそうだなと安堵《あんど》した瞬間、彼女の隣に見知らぬ人物が座っていることに気づいた。微笑を浮かべて会釈してきたので、わけのわからぬまま頭を下げる。

女性で、年齢は三十代の半ばくらいだろうか。年齢もさることながら、示野の友人とは思えないくらい、かっちりした印象の人物だった。化粧もしっかりしていて、いかにも仕事の服装でもある。

向かいの席に座るとすぐに店員がやってきたので、ひとまず注文を済ませる。店員が去るや否や、見知らぬ女性は微笑のまま名刺を差し出してきた。

「初めまして、編集者をやっています小松彩乃《こまつあやの》です」

名刺に記された出版社名を見て驚く。日本人なら誰もが知る大手出版社である。マンガや文芸その他もろもろ幅広く手がけ、とくにラノベは圧倒的なシェアを持っていた。アニメを見れば、半分は言いすぎにしてもやたらとこの会社のCMを見かける。

もちろんこれまでいちども絡みのなかった版元だ。持ち込みすらもしていない。

「初めまして、く――十倉ゆめのです」久しぶりすぎて本名を言いかけた。「えと、今日は、どうして……」

小松は戸惑ったような表情を浮かべ、隣に座る示野を見やる。

「あの、示野さん、今日のことは」

示野は「てへ」と言ってわざとらしくおどけた表情をする。

「じつはなんにも伝えてないんですよ。サプラーイズ！　ということで」

小松はしょうがないなぁという顔をしたあと微笑に戻り、今日ここに来た理由を説明してくれた。示野もときおり補足するように加わる。

ふたりが知り合ったのは、とあるイベントだったようだ。小松はすでに「きょうそと」に注目しており、けっこうたっぷり話し合ったらしい。とはいえ示野は連載中だし、時間的にも仁義としても並行して別の出版社で仕事はできない。

そこで示野は「十倉ゆめの」のことを猛アピールしたらしい。そして小松は「十倉ゆめの」の過去作を読み、示野経由でわたしと話ができる機会をセッティングした、ということのようだった。

「電書になっている全作品を拝読させていただきました。そのうえで示野さんにお願いして、この席を設けていただいたわけです。ぜひ、十倉さんとお仕事がしたいと思いまして」

「わたしと、ですか」

「はい。十倉さんと」

まるで信じられない申し出だった。

飲み物が到着し、注文した寄せ鍋も届き、食事をつづけながら話が進む。小松はわたしの現状も正しく把握しているようだ。

「現在は事実上の休業状態、なんですよね」

「事実上の、と冠をつけるなら、休業ではなく引退状態かもしれませんが」

「もうマンガを描く気はない、ということでしょうか」

「あ、いえ、そんなことはぜんぜん！」慌てて手を振る。目の前にぶら下がってきた蜘蛛《くも》の糸を自ら切断してどうする。「できるのならば、描きたいとは思っています」

自分でも嫌らしいとは思うのだけれど、やっぱりそれが本音だった。もしこのチャンスをみすみす逃してしまえば、絶対に後悔する。

「誤解のないように言っておきますが、わたしは示野さんから頼まれたから、ここにこうしてやってきたわけではありません。作品を読んで、この人といっしょに仕事がしたい、と本気で思ったからお目にかかりたいと考えたんです。自分の仕事には誇りを持っていますし、嫌な言い方かもしれませんが、だからこそビジネスを第一に、シビアに考えてもいます」

小松はわたしの作品を、とくに一作目をとても買ってくれているようだった。作者であるわたしですら忘れていたような細かなところまで褒めてくれたあと、欠点も正確に指摘してきた。

「ただ、人を選ぶ作品かもしれないとは思いました。けっして難解ではないのですけれど、安易に共感できるテーマではないし、多くの人に寄り添う描き方でもないなと感じました。編集者目線で見ると、これで売るのは難しいぞって感じるくらいに。でも、だからこそ、十倉さんでしか描けないものがある気がしたんです。そこにすごく惹《ひ》かれたんです。

もし違っていたり、失礼になってしまったら申し訳ないのですが、二作目は担当編集者から売れ線要素を入れていこうって提案されたのではないでしょうか」

「おっしゃるとおりです……」苦笑しつつわたしはうなずく。「それで、迷走してしまった感はかなりあると思います。でもそれはやっぱり言い訳で、けっきょくのところ、自分の力が至らなかったからだとは思うんですが」

その……、と小松は本当に言いにくそうにぎこちない笑みを浮かべる。

「他社の編集者を批判するわけにはいきませんし、その、言い方が難しいのですが、二作目は正直、すごくもったいないなと感じました。純粋に一読者として読んだときに、一作目にあった十倉さんの魅力を感じることができなかったですし」

苦労してオブラートに包んでいるのが伝わってくる。

流れで、いまのうちに確認しておきたいことをわたしは聞いた。たとえ藪蛇《やぶへび》になったとしても最初にきちんと確かめておかないと、あとあときっとうまくいかなくなる。

「言うまでもなく把握されていると思いますけど、わたしはそんなに売れなかったです。紙の本も出てないですし。わたしの作風は、あんまり需要がなかったのかなとも思っていて。もちろん、需要のあるなしなんてのは言い訳だと思いますし、わたしの力が足りなかったのだといまは思っていますが——」

いつか蓬田から才能の話を聞いて、つくづく考えさせられたことだ。

「それでも小松さんはわたしの作品を気に入ってくれた。とくに一作目を評価してもらったってことですよね。それはとても嬉《うれ》しいんですけど、では小松さんは、一作目のような作品を求めているのでしょうか。それとも、一作目とは違うものを求めているのでしょうか」

そうですね、とつぶやき、小松は斜め下を見やりながらしばらく考えた。「難しい質問ですが――」視線を上げて、わたしをまっすぐに見つめる。気圧《けお》されそうになり、すごく目力のある人だな、と思う。

「基本的に編集者は、作家さんの描きたいものを尊重するべきだとわたしは思っています。編集者によっていろんな考えがあるので、あくまでわたしは、ということですけども、編集者が細々と指示してもいいものはできてこないと思いますので。もちろん作家さんに寄り添って、方向性を提案したり、相談に乗ったり、ときにはジャッジを下す必要もあるとは思うのですが。いずれにしても作家さんの持ち味を損なわないようにするのが編集者の務めだとは考えています。

もし十倉さんが新境地に挑戦したい、というのであれば、それを否定するつもりはないです。ただ、もしそれが十倉さんの魅力をスポイルしてしまうような内容だったとしたら、首を縦には振れない可能性はありますね。すべては仮定の話なので、なんとも答えにくい質問ではあるのですが」

「ああ、いいえ、べつに新境地に挑戦したいとか、そういうことではなくてですね。わかりにくい質問の仕方でごめんなさい。小松さんが評価してくれた一作目も、やっぱり売れなかったわけです。同じことを繰り返すのは、きっと望んではいらっしゃらないでしょうし。そのへんはどうお考えなのかと思いまして」

「ああ、なるほどです」小松は首をゆるく上下に揺らしたあと、そうですね、と指をあごに添える。「十倉さんのこれまでの作品がなぜ売れなかったか、は分析する必要があるかとは思います。とはいえ、です。分析はしょせん結果論でしかないですし、分析で売れる作品がつくれるほどエンタメは単純な世界でもないですしね」

それでもやらざるを得なかったりもするんですが、と乾いた笑いを漏らす。

「でも、誰が読んでもつまらない作品は、やはりどうやったって売れないです。出版社が、編集者ができることは、とにかくおもしろい作品をつくることだけです。そのうえで、多くの人に届けるための努力をするしかないです」

意外と熱い人だな、と感じる。見た目から、もっとクールな人かと思っていた。

「とはいえ、十倉さんの持ち味は損ねないようにしつつも、やはり仕掛けは必要かと考えています。フック、というやつですね。届けたい読者に響かせるには、古典的ですが、やはりフックが重要になってきますから。すでにいくつかアイデアはありますけれど、それは今後、十倉さんと話し合いながら決めていければと考えています」

率直に、信用できそうな編集者だなと感じる。いただいた言葉は身に余るもので、自分にはもったいないものばかりだ。

わたしと小松のぶんまで、とばかり食事に専念していた示野が、剝《む》いたエビをパクッと口に放り込み楽しげな声で加わる。

「ね、ね、いい話じゃないですか。十倉さん、ぜひぜひ小松さんと新しいマンガを描きましょうよ。絶対にいいものが、売れるものができますって。わたしが保証します！」

わたしも小松も苦笑いするしかない。

「あ、そうそう——」思い出したように小松が告げる。「現時点で確実だとはお約束できないのですが、これだけはお伝えさせてください。十倉さんの作品は紙媒体で連載できれば、と考えています」

え？　と声が漏れた。

示野も、お？　という口の形をつくり、わかりやすく驚いた顔をしていた。「すごいじゃないですか！」と彼女が叫ぶ。

信じられない気持ちで、「ほんとですか」とわたしは尋ねた。

「はい。十倉さんの作風は、むしろ紙媒体の読者層のほうが向いていると思うんです。まだ内容は決まっていないわけですし、わたしの一存で決められるものではないですし、お約束はできないのが心苦しいのですが」

「いえ、当然だと、思います」

とにかく――、と示野が言う。

「めちゃくちゃいい話じゃないですか！」

まるで自分のことのように喜んでくれているのがわかる。本当にいい子だと思う。

けれどわたしは「うん……」とぎこちないうなずきを返すことしかできなかった。

小松は嘘偽りなく、本音を語ってくれたと思っている。もちろんわたしだって短いながらもこの業界にいて、編集者が本音と建て前を使い分けることは重々心得ていた。でもそれは作家側とて同じだし、どんな職種だってそうだろう。仕事とはそういうものだ。

少なくとも小松が騙《だま》そうとしていないことはわかるし、わたしには騙すほどの価値もない。本気でわたしの作品を気に入ってくれて、声をかけてくれたのだと信じられた。

大手出版社での紙媒体での連載――。

版元をランクづけするのも嫌らしいとは思うが、現実問題として、待遇や原稿料、書店での扱いや世間の見る目やプロフィール映えなど、大手と、それ以外の出版社では大きな差がある。しかも紙媒体での連載を前提にした話だ。誰もが、それこそすでに売れている人ですら全力で奪い取らなければならない場所で、熾烈《しれつ》な椅子取りゲームの舞台で。

わたしのような死に体の人間は言わずもがな、脊髄反射《せきずいはんしゃ》でうなずいて、よろしくお願いします！　と言うべき場面だ。

でも、なぜかその言葉が出てこない。

なにかが自分のなかで引っかかっている。そのなにかがわからない。

「少しだけ、返事は待ってもらってもいいですか。とてもありがたい話だってことは理解しているんですが、ちゃんと考えて、ちゃんと自分のなかの答えを見つけてから返事をしたいので」

え？　と戸惑いの声を上げたのは示野だった。

「どうしてですか。考える必要ないくらい、いい話じゃないですか」

「うん。もちろんそれはわかってるんだけど」

「怖いんですか」

示野は挑むような視線でわたしを見つめていた。

「怖い……？」

「レーベルを変えて、担当編集者を変えて、それでもうまくいかなかったら、言い訳できなくなりますもんね。レーベルと合ってなかっただけだ、編集者と合ってなかっただけだって。実際、そういうのって絶対あると思うんです。相性っていうのが。いますごく売れてる人でも、最初はうまくいかなかった人もいっぱいいると思うんです。具体的に、って言われたら、ぱっとは出てこないですけど。でも絶対そういうのありますよね。ここであきらめるなんて、ほんともったいないですよ」

示野はわたしを焚《た》きつけるため、わざと挑発的なことを言ったんだろう。それはなんとなくわかった。

けれど残念ながら彼女の言葉は心に響かなかった。そんなことは考えていなかった。言い訳の余地を残すために再挑戦をためらっているわけじゃない。それは断言できる。

黙ったまま言い返さないわたしに向けて、示野はさらに問いかける。

「それともあれですか。マンガを描くエネルギーが、まだ戻っていないとか」

「いや、そういうわけではないんだけど……」

そう答えたものの、これは正直わからなかった。叶とお絵かきをして、やっぱり自分は絵を描くのが好きだと再確認した。マンガを描きたい気持ちが萎《な》えたわけではないと思う。

でも、引っかかりの理由がわからない以上、断言はできない。否定したのは、小松に見限られたくないという咄嗟《とっさ》の思いだった。

あらためて編集者に視線を向ける。

っていることもわかっています。いますぐに快諾したい気持ちはあるんです。でも、勢いだけで決めちゃダメだって気持ちもあるんです。だから、少しだけ時間をいただけますか」

「生意気を言っているのは理解しています。わたしにはもったいないくらいのお話だはしたくないですし。だから、少しだけ時間をいただけますか」

「もちろんです」小松は微笑のままうなずいた。「生意気だなんてことは思っていませんし、当然のことだと思います。少し残念ではありますが、いいお返事がいただけることを待っております」

その後は三人で取り留めのない雑談を交わしながら鍋《なべ》を食した。

小松はいかにも如才のない人物で、話がうまく、最近のマンガ業界、出版業界の話を中心に興味深い話を伺うことができた。けれど覚えているのは彼女の印象や話のお題目だけで、話の中身はさっぱり頭に残っていなかった。情けないことに料理の味どころか、なにを食べたかもはっきり覚えていない。

振り返って確実に言えるのは、あの場に示野がいてよかった、という思いだった。

もし小松とふたりきりだったなら、わたしはいたたまれなくて早々に逃げ出していただろう。

🐾

小松と示野との会食があった翌日の夜、まかないを食べるために食堂に入ると、台所に見知らぬ髭面《ひげづら》の大男がいた。

倉橋さん！　と降矢が声をかけてくる。

「倉橋さんだけは初めてですよね。こちら、以前猫目荘で大家をしていた深山さんです」

「深山です。どうも初めまして」

にこやかな笑みで丁寧に頭を下げてくれる。

わたしも応じながら、やっぱりな、という思いを抱いた。最初は怪訝《けげん》に思ったものの、すぐに元大家の深山じゃないかと思いついたのだ。小金井とともに猫目荘をつくり、いまは山小屋で働いているという人物。

「今晩のまかないは深山さんがつくったんですよ！」

降矢が嬉《うれ》しそうに言い、隣で深山が微笑む。

「小屋では決まった料理をつくりがちなんで、自由につくる料理は少し久しぶりだったんですが、ご満足いただければ幸いです」

「そうなんですね。ありがとうございます」

「本日のメインはイワシのオーブン焼きです。山小屋では当然、鮮魚など生鮮食品を扱うことはほとんどないですし、オーブンを使った料理も難しいですからね。地上はいいです」

そのほがらかな笑みに、思わずこちらまで幸せな気持ちになる。

皿に盛られたイワシのオーブン焼きは、意外な姿をしていた。エビフライやアジフライのように、カリッとした黄金色の衣をまとっているのだ。深山の説明によると、パン粉とチーズ、オリーブオイルなどの衣をつけてオーブンで焼いたらしい。付け合わせにはグリルポテトとミニトマト。

イワシのオーブン焼きが実家で出てきた記憶はなく、これが一般的な料理法かどうかはわからなかったけれど、食欲をそそる見た目なのは間違いない。焼き立てなのか、かすかな湯気とともに香ばしい匂いが鼻に届く。

いただきます、と言って箸《はし》を伸ばした。

サクッ、という音が聞こえるほどにパリパリサクサク食感だ。フライ特有のしつこさやべたつきがなく、すごく食べやすい。焼き立てであることに加え、オリーブオイルを使ったオーブン料理というのもあるかもしれない。

噛《か》みしめれば衣の奥にあるイワシの旨《うま》みと甘みがひろがっていく。肉とは違う、海の幸のおいしさを実感する。素材の持ち味を堪能《たんのう》したあとは、味変で少量のレモンを垂らして食べるのもいい。大満足の料理だった。

わたし以外の住人にとっては馴染《なじ》みの人で、辞めてから猫目荘に来るのは初めてということもあり、食卓はいつになく賑《にぎ》やかだった。

「深山さん、だいぶ痩《や》せましたよね」

二ノ宮の問いかけに深山が「山小屋は気苦労が多くて」と答えて笑いが起きる。

「山を歩くから、とかいう健康的な理由じゃないんだ」と茅野が突っ込み、さらにみんなが笑った。

「いやそりゃやっぱり大変ですよ。猫目荘は毎日同じメンバーですけど、山小屋は毎日いろんな人が来ますからね。そのぶん気苦労はあります。それが楽しくもあるんですけど、来なけりゃ来ないで胃が痛くなりますし」

大変ですよねー、とつぶやく二ノ宮に、今度は深山が話題を振る。

「そうそう、ユーチューブ見ましたよ。今年は残念でしたね」

アパラチアン・トレイルのことだろう。

「いえいえ！　これはこれで貴重な経験がいっぱいできたからオールオッケーです。つらすぎてつらすぎて、歩きながら『もう二度とこんなことやるもんか！』って今年は五百回くらい思いましたけどね」

深山は大きな声でひとしきり笑ったあと「でも、また挑戦するんですよね」と尋ねる。

「もちろんですよ！」

「来年ですか」

「いや、来年はまた資金集めですね。できれば再来年には、と考えてますけど状況が整えば、ですかね」

「そうそう、深山さん」今度は中村が声をかける。「また深山さんの小屋に行こうと思ってるんだけど――」

主に話しているのは二ノ宮、茅野、中村の三人である。けれどいつもは黙々と食事をしているだけの新井も、わずかながら深山と会話を交わしていた。いつになく表情もやわらかだ。蓬田は残念ながら今晩は欠席だった。

わたしが会話に加わることはなかったけれど、話を聞いていれば深山の現状というのはだいたい理解することができた。漠然と「山小屋の主人」と捉《とら》えていたけれど、ホテルの支配人、経営者、という立場でもあるようで、しかも彼はふたつの山小屋を見ている。

ひとつの山小屋は冬期は休業するが、もうひとつは通年営業。今回は初めてのまとまった休みで、一週間ほど下界に降りてきたみたいだった。体裁としては休みだが、経営者として東京でいろいろやるべきことも多く、「事実上の仕事ですよ」と深山は笑いながら愚痴っていた。

食事も終わりに近づき、会話も一段落したときだった。「そうだ！」と降矢が大きな声を上げて、わたしのほうを見やる。

「倉橋さん、食堂にかけられているこの絵、ご存じですよね」

そう言って簡素な額に入れられた絵を指さした。

どこかの山脈を湖越しに描いたものだ。独特の色彩感覚で、構図も写実的なようで抽象的なようで、不思議な雰囲気をまとった絵だった。

「もちろんです。すごくすてきな絵だなって思ってました」

「プロの目から見ても、やっぱりいい絵ですよね」

プロ、という言葉に引っかかりを覚えるが、気にしないように努める。

「マンガと絵画は違うと思うのでわたしなんかがどうこう言えるものじゃないですけど、素人が趣味で描いたものじゃない、ってのは感じます。もっともこの色彩感覚は絵を学んだから出せるものじゃなくて、天性のセンスかなとは思いますが」

わたしの話を聞きながら、なぜか降矢は嬉しそうに何度もうなずいていた。

「ですよねですよね。やっぱりいい絵ですよね。じつはなにを隠そうこの絵、ここにいる深山さんが描いたんですよ」

「あ、そうなんですね」

食堂側のカウンター前に立つ深山は、困ったような照れたような苦い笑みで肩をすくめていた。降矢が自信満々に言う。

「なんてったって深山さんはプロのイラストレーターですからね。かつてはプロの絵本作家でもあったんですから」

そうだったんだ、と驚くと同時に、食堂の雰囲気が変なことに気づいた。

わたし以上に二ノ宮は驚いた顔をしていて、茅野は怪訝そうに目を細め、新井は不思議そうな顔をしている。そして中村は〝あちゃー〟という顔で額に手をあて、台所では深山と小金井、ふたりとも顔が固まっている。

「マジですか⁉」「ほんとに？」「そうだったんですか？」

住人の声がいっせいに食堂に響いて騒然となり、わたしは事態を理解する。

どうやらこの事実は住人の誰も──おそらく中村を除いて──知らなかった事実のようだ。深山も小金井も口外していなかったのだろう。

ほかの住人は何年ものあいだ深山のことをよく知っていたわけで、彼がプロのイラストレーターで、プロの絵本作家でもあったと知ればわたし以上に驚くのも当然だ。

失言に気づいたらしい降矢は「あ」という顔のまま、横目で深山と小金井を見やってフリーズしていた。

深山と短く話をしたあと、「申し訳ありません」と小金井が頭を下げる。

「黙っていることに心苦しさはあったのですが、なんとなく告げるタイミングがなかったと言いますか。先の見通せない仕事でもありましたので、ことさらに発表するのも気恥ずかしいと言いますか。それでそのままずるずると秘密のままになってしまっていたと言いますか……」

彼らしくない歯切れの悪い物言いが、わたしは少し可笑《おか》しかった。

そのあとふたりは詳細を語ってくれた。

深山がプロの絵本作家だったというのは事実で、しかも文章は小金井が担当するコンビ作家として活動していたという。

もともと小金井はアマチュアとして小説を書いていたらしく、猫目荘の原型も小説の構想だった。その取材の過程で深山と出会い、彼とともに「新しいコミュニティのかたち」を実現することになり、猫目荘へと繫《つな》がった。

「じつは猫目荘の実現に向けて動いていたときから、ふたりで絵本を描くのもおもしろいかもな、という話を深山とはしていたんですよ。途中で頓挫《とんざ》してしまったとはいえ、創作活動は楽しかったですし、深山はずっと昔から絵が好きで描いてましたからね」

「じつはぼくは画家志望の青年だったんですよ」深山が照れた顔で頰を搔《か》く。「美大に行きたかったんですが、いろんな事情から挑戦はいちどきりとなって、それに見事落ちましてね。親との約束どおりふつうの大学に行って四年で卒業しましたが、どうしても就職する気にはなれなくて。ずっと挫折《ざせつ》感を抱えたままで、それは大学四年間で解消するどころか肥大化してしまっていたんでしょうね。それからバックパッカーとして世界を巡りながらずっと絵を描いてました。自分はなんのために生きているんだ、って青臭い思いを抱えながらね」

そう言って彼はさらに照れた顔で苦笑した。

再び小金井が説明する。猫目荘を実現したふたりは大家業のかたわら、絵本のコンテストに応募していたようだ。

「ふたり体制なので一日中仕事に忙殺されるわけではないですしね。創作活動をする余裕は充分にありましたから。というか、その時間を使って副業ができればいいかなと思ったんです。副収入がないと厳しい、という切実な事情もありましたが」

その切実な思いが通じたのか、二度目の応募で見事に受賞。出版が決まる。

「ただ、先ほども言ったとおり住人の方に知らせるのには二の足を踏みまして。気恥ずかしさもあったし、プロとして出せるのはそれっきりになる可能性もありましたから。大家業が疎《おろそ》かになるんじゃないか、と住人の方に危惧《きぐ》される恐れも考えなかったわけじゃないです」

それっきり、ではなかったものの、小金井と深山のコンビ活動は三作で終わる。

「ぶっちゃけ、あんまり売れなかったようで。具体的な数字は、怖くて編集者には聞けなかったですけど」

しかしその後、ふたりは単独での活動に移った。深山はイラストレーターとして、小金井は小説家として、である。

それまで静かに聞いていた茅野が驚きの声を上げた。

「小金井さん小説家だったの⁉」

「ええ、まあ」これまででいちばん気まずそうに小金井はうなずく。「そのときの編集者の伝手《つて》で、小説を出すことができましてね。大きな賞を獲《と》ってデビューしたわけではないので地味な存在ではあるのですが、おかげさまで現在もぼちぼちとつづけさせてもらえています」

茅野だけでなく、二ノ宮や新井も驚きと感嘆の声を上げていた。

深山のイラストレーターとしての活動も、細々とながら現在もつづいているようだ。食堂にかかる絵を描いたのがいつかはわからないが、彼はれっきとしたプロの絵描きということである。

住人からの質問と賛辞にしばし応《こた》えたあと、小金井は申し訳なさそうに言う。

「じつのところ、黙っていることに心苦しさは感じていたんですよ。とはいえ最初に公表しなかったので、なかなか告げるタイミングが摑《つか》めなくて。結果的に、いい機会だったと思います」

そうだな、と深山も笑顔でうなずく。

「降矢さんの失言に感謝だな」

食堂がほがらかな空気に包まれるなか、当の本人だけは引きつった笑みを浮かべていた。

「はいはい！」と二ノ宮が手を上げる。「小金井さんの本、読みたいんですけど、教えてもらってもいいですか」

茅野が突っ込む。

「二ノ宮くんって本読むの？　マンガじゃないよ小説だよ」

「読みます読みます。けっこう活字読むの好きなんですから。だいたい冒険家とかクライマーとかハイカーの本ですけどね」

「申し訳ありません」小金井が顔の前で両手を合わせる。「本名とはかけ離れた筆名で活動しているのですが、それは秘密にさせてください。大家業と小説家業は切り離したいですし、作者がわたしだと知って皆さまに自著を読まれるのは、気恥ずかしさもありますし、やりにくさもあります。どちらの仕事にも影響が出かねませんので。申し訳ありませんが」

「ま、それもそうだよね」

茅野がすぐに理解を示し、この話はこれで終わりとなった。

わたしはというと、たしかに見知った大家が小説家であったという事実に驚きはあったものの、ほかの住人ほどではなかったと思う。それは付き合いの短さもあるだろうし、話を聞きながらほかのことを考えていたのもあった。

小金井や深山と話をしたい、という思いだった。


一階にある大家の部屋をノックする。

どうぞ、と短い声が聞こえ「失礼します」とドアを開けてなかに入った。部屋には小金井がひとりいて、ふだんどおりの爽《さわ》やかな笑みで出迎えてくれる。

「お待ちしていました。あっ、ドアは開けたままでけっこうです。すぐに降矢がコーヒーを持ってきますので」

「ありがとうございます」

初めて入った彼の部屋は、じつに小説家らしい佇《たたず》まいだった。

天井まで届くような大きな本棚がふたつ、その半分くらいの高さの本棚がひとつあり、すべてに本がびっしり詰まっている。木製の立派な机にはノートパソコンが置かれ、ここにも本が積まれていた。ただ、それ以外に物らしい物はほとんどなく、床もすっきり片づいている。

小金井の言葉どおり降矢が三人ぶんのコーヒーを持ってきて、部屋のローテーブルに置いた。大家ふたりが並んで座り、わたしと向かい合う。

「このたびはわざわざお時間を取っていただき大変恐縮です」

「いえいえぜんぜん。話を聞くくらいいつでも大歓迎です。むしろ深山が参加できず、申し訳ありません」

深山が訪れた翌日の、朝のまかないと、その後片づけなども終えた頃合いである。

わたしの願いは半分だけ叶《かな》った。小金井に「創作に関することで話を聞いてほしい」と持ちかけたところすぐに快諾してくれたものの、深山は忙しくて時間が取れなかったのだ。

かつての彼の部屋は現在降矢が使っているし、ほかの部屋もすべて埋まっているので、猫目荘に寝泊まりできる場所はなかった。深山は昨日まかないを手伝ったあと、滞在しているホテルに戻っている。

彼自身も「事実上の仕事ですよ」と言っていたように、今回の帰京ではやらねばならないことで予定が詰まっているようだった。ふたつの山小屋を経営するのは大変で、資金や物資の調達や段取り、協力者との会合のほか、広報や宣伝活動もあるようだ。山小屋の主人兼イラストレーターとして雑誌の取材を受けるほか、ラジオにも出演するらしい。大忙してである。

その代わり、というわけではないが、この場には降矢も参加することになった。小金井がふたりきりになるのを避けたのかもしれない。その配慮は理解できたし、彼女であれば問題はなかった。おっちょこちょいなところもある人だけれど、信用はしている。

小金井が話を促す。

「それで、創作に関する話ですよね。以前マンガ家をなされていた、という話は聞き及んでいますが」

「はい。まさしくその、マンガに関することで――」

わたしは自分の現状を大まかに説明した。フェードアウトするように事実上の廃業となったあと、つい先日新たな編集者から仕事を依頼されたことを伝える。

「とてもありがたい申し出で、本来なら喜び勇んで飛びつくべきだと思うんです。でも、自分のなかでなにかが引っかかっていまして。このまま進んではいけないと、ブレーキを踏んでいる自分がいるんです。でも、いくら考えてもその理由がわからなくて。

そんなおり、小金井さんはかつて絵本作家をされてて、現在も小説家として活動しておられると知って。マンガ家とまったくいっしょではないですけど、かなり似ているところはありますよね。同じ創作の仕事ですし、個人事業主で、主にやり取りする相手はどちらも出版社の編集者です。それもあって小金井さんにお力添えをいただきたいと思いまして」

「なるほど。倉橋さん自身がなにに引っかかっているのか、その答えを見つけたいと」

「はい。こうなるともう、自分以外の視点に頼るしかないかなと考えまして」

示野に相談する、という選択肢はなかった。小松を連れてきたのは彼女なので、やっぱり相談はしにくい。それにこういう言い方は申し訳ないけれど、順風満帆のマンガ家生活を送っている彼女に、自分の気持ちを理解してもらえるとは思えなかった。

　小金井と深山の絵本作家活動は三作で終わっている。挫折《ざせつ》、という言い方が正しいかはわからないが、この業界の厳しさを味わい、それでいて小金井は小説家に転身して生き残っている。失礼ながらけっして売れっ子というわけではなさそうで、だからこそ業界の現実、編集者との付き合い方などを、冷静かつ客観的な視点で見ているように思えた。

　わたしの告げた言葉を呑《の》み込むように、小金井は深くうなずいた。

「自分の経験や知識がお役に立てるかどうか、自信はないですが、せめて取っかかりだけでも見つけられるように努力します。

まず確認しておきたいのは、その編集者、小松さんが胡散臭《うさんくさ》いと感じている、という可能性はありますか。ありていに言えば、騙《だま》されるんじゃないか、という危惧《きぐ》を感じているとか」

「いえ――」わたしは即座に首を振る。「それはないと思います」

彼女は誠実な人だと思う。彼女が語った言葉を聞けば、わたしの過去作をすべて読んだ、という言葉に嘘がないのはわかる。編集者と偽っている、なんてのはあまりに荒唐無稽《こうとうむけい》だし、嘘をついてまでわたしに近づく利点など、どう考えても存在しない。

「小松さんは嘘偽りなく、わたしの作品を気に入って、声をかけてくれたのだと信じられます。引っかかっているなにかは、自分のなかにあるんだと思います」

わかりました、と答えたあと、小金井は考え込むようにテーブルに置かれたコーヒーカップを眺めつづけた。そのまま言葉をテーブルに置くように「ぼくも以前――」と静かに告げる。

一人称がふだんの「わたし」ではなく「ぼく」に変わっているなと、ぼんやり思う。

「このまま進めていいのかと、自分のなかでブレーキがかかっているのを自覚する案件がありました。そのときは理由がわからなかったのですが、とどのつまり、このまま進めてもうまくいかないと感じていたんだと思います。そしてその予感は、しっかり当たっていました。その原因は自分にあって、平たく言うと作品のテーマ、コンセプトと、主人公の設定がまるで嚙《か》み合っていなかったんですよ。半分以上書き進めてから、初めてそのことに気づきました。根本的な設定のミスマッチです。

　自分が未熟だったと言えばそれまでですが、担当編集者も気づかなかったわけですし、創作の現場では〝まれによくあること〟ではありますよね」

　小金井は小さく笑う。

「たぶん、明確に言語化できない違和を、最初から感じていたんだと思います。でも言語化できていないから、認識できなかった。この仕事をやっているとつくづく、言葉というのは不完全で、極めて限定的なものだと感じさせられます。けっきょくのところ、倉橋さんもこのまま進めてもうまくいかないと感じているのではないでしょうか」

「たぶん、そういうことなんだろうと思います。でも、それがなんなのか、どれだけ考えてもさっぱり摑《つか》めなくて」

「言語化できない違和感は、考えたところでなかなか見つけられませんからね。まだ具体的な作品づくりには入っていないのだから、作品に関することではない。それ以前の、もっと根本的なところに原因はある」

　顔をしかめ、独り言のように小金井はつぶやいた。

「あの――」おそるおそる、といったふうに降矢が発言する。

「失礼な質問になってしまったら大変申し訳ないのですが、倉橋さん自身、再びマンガ家としてやっていくことを望んでいない、ということはありえますか」

「うん」と小金井が小さくうなずく。「根本的といえば、あまりに根本的なところだな」

たぶん――、とわたしは弱々しく告げる。

「描きたい、という気持ちはあるはずです。小松さんから作品を褒められたときは本当に嬉《うれ》しかったですし、この人と仕事をしたい、という気持ちは自然に湧いてきましたから」

小金井が優しく見つめてくる。

「にもかかわらず、心のどこかでブレーキがかかっている」

「そうなんです。いったい、なにが原因なんでしょう」

まさに堂々巡りだ。

小金井が、パンッ！　と小気味よく手を叩《たた》いた。

「考えても出てこないものは、考えるだけ時間の無駄です。雑談をしましょう」

「雑談、ですか」

「雑談、です」小金井は、にこり、と笑う。「マンガに関すること――というか、創作に関することにしましょう。マンガを描いていて、なにが嬉しかったですか」

「それはやっぱり、読者からおもしろかったと言ってもらえることですよね」

「アマチュアのときも、プロのときもですか」

そうですね、と答えかけて、いや待てよと思い直す。

「考えてみれば、プロになってから読者の反応を得るのはかなり減ってしまいました。ゼロではないですし、少しいい感じになったときもありましたけど、コメントや感想が届かず、エゴサしたところでまるで見つからないつらさばかりを思い出します」

「わかります。批判的な感想に落ち込んだとか腹が立ったとか聞くと、さすが売れっ子だなって思いますよね。むしろ羨《うらや》ましく思ったり」

「いちばんつらいのは否定されることじゃなく、そもそも評判を見つけられないことかもしれません。誰に届いているのかわからないのはつらいです」

「あと、小説やマンガにかぎらずですが、あまり売れていない作品は好評になりやすいです。好きな人しか手に取らないので。賛否両論というか、凡庸な評価に落ち着くのは売れた証拠です」

「ノットフォーミー、の人までも手を伸ばしてくれたってことですからね」

「実際にお金を出して買ってくれたかはわかんないですけど」

「あ、小説は図書館がありますもんね」

「あと古本屋も」

「それはマンガもです」

ふたりでくすくすと笑い、「あ、わたしは紙の本にはなってないんですけどね」と付け加えると、小金井はわかりやすく苦笑いをした。

「そうでしたね。小説は幸い、かどうかはわかりませんが、いまのところ電子だけってのはほとんどないですからね。少なくとも商業では」

小金井がコーヒーに口をつけたところで、ぜひ聞いてみたいことを思いついた。

「小金井さんは、売れ線の題材を求められたりしますか」

「しますよ、当然」彼は躊躇《ちゅうちょ》なくうなずいた。「市場のニーズを編集者は絶対に意識しますし、書き手もまた、それを無視することはできませんよね」

「でもやっぱり、自分の描きたいものと、市場のニーズが合致しない場合もあるじゃないですか。それとも小金井さんは、そういうのは感じないですか」

「感じます感じます、大いに感じますよ。書きたいものを書けない不満は、やっぱりあります」

「そこの折り合いは、どうつけてます」

けっきょくわたしは折り合いのつけ方を見つけられず、迷走した挙げ句、ダメになってしまった気がする。

難しい問題ですよね、と言って文字どおり難しい顔で彼は腕を組んだ。

「創作者にとっては永遠のテーマかもしれません。もちろん自分の書きたいものが市場のニーズのど真ん中、という幸運な人もいるんでしょうけど」

「いますよね。本当に羨ましいというか、嫉妬《しっと》しか覚えないです」

わたしの頭のなかには示野ナゴミの顔が浮かんでいた。

「ぼくも最初は悩みもしたんですが、けっきょくはうまく利用するしかないですよね」

「利用、ですか」

「利用と言うと嫌らしくも聞こえますが、やっぱり多くの人が関心を持つ題材ってのはあるんです。それはもうどうしようもない事実で、動かしがたい現実で。

好きなものを書いて、好きな人だけ手に取ってもらえたらいい、というスタンスもありです。アマチュアであれば。でもそれとて、けっきょくは届いてほしい人にも届かないんですよね」

「フックがなければ」

「そうです。そこはもうアマチュアもプロも関係ないです。だったら足掻《あが》いてもしょうがない。売れ線の題材をうまく利用して、自分のフィールドに引っ張り込んでやれ、くらいの意気込みでいいんじゃないでしょうか」

わたしは黙ったまま小さく何度もうなずいていた。

「それに、自分の興味が売れ線からズレている人のほうが、武器がひとつ増えると思いませんか」

「武器、ですか」

「そうです。売れ線要素をうまく取り込みつつ、そこに自分の書きたいものをプラスすれば、それは自分だけにしか書けない物語になります。ま、それで売れるかどうかはわからないですけどね。期待していたのと違った、とかつぶやかれたりもしてね」

わたしとともに苦笑したあと、小金井は隣に座る降矢に目を向けた。

「なんだかおいてけぼりにしている感じで申し訳ないです。思いのほかディープな話になってしまって」

「いえいえ。はたで聞いてるだけでけっこうおもしろいです。よくわからないところもありますけど、ものつくってる人はいろんなこと考えてるんだなーって」

「ま、考えるのが仕事ですしね」小金井が微笑む。

「生き残るだけでもほんと大変な世界ですもんね。生き残るためにはありとあらゆる手を尽くさないと、ですよね」

小金井はすっと目を細め、鋭い視線で降矢を見つめる。

「それは少し違うかもしれません」

「え？　違うんですか」

「結果としては同じでも、その考え方はとても危険かなとぼくは思っていて」そこで小金井は、わたしに視線を戻した。「倉橋さんはどう思いますか」

え？　とわたしも降矢と同じように戸惑ってしまう。

生き残るための方策を必死に考え、手を尽くすのはふつうのことではないのか。誰だってやっている。最初から売れた人はそんなことを考える必要はないだろうが、それはほんのひと握りの人間だけだ。

戸惑うわたしから目を逸《そ》らし、困惑混じりの笑みを浮かべながら小金井は視線を宙にさまよわせた。

「とても言い方が難しいですし、それが悪いことだとは思わないのですが、生き残りたい、という思いはとても危険だなと考えていて。というのも、生き残りたい、という思いは百パーセント自分だけのことですよね。エゴ、ですよね。読者にとってはなんの利益にもなりません。作者の事情なんざ、読者にとっては〝知ったこっちゃない〟んです。そうあるべきなんです」

コーヒーでのどを潤し、小金井は中空の一点を見つめる。

「ぼくは、小説の力を信じています。いや、小説にかぎらず、物語の力を信じています。物語によって、救われる人がいます。物語で幸せになれることもあります。たとえそれがいっときの暇つぶしであっても、です。物語によって人生において大切なことに気づけることもあるし、それによって人生が変わる人もいます。実際ぼくが、そうでしたから。あの作品に出会えていなければ、いまもまだ生きづらさを感じていたかもしれない。会社を辞める決断もつかず、いまだに苦悩を抱えていたかもしれない。そう、いまでも強く思います。

自分の小説が、人の人生を変えるような大それたものだとは思っていません。誰かの人生を変えたいと思って書くこともないです。でも、世の中をほんの少しでもよくできたら、とは思うんです。といっても大したことじゃないんです。ぼくの小説を読んで気持ちがすっきりして、お店で自然と店員さんに『ありがとう』と言えたら、それだけでも世の中はほんの少しよくなりますよね。そういう気持ちで小説を書きたいとぼくは思っているんです。

利他的に聞こえるかもしれませんが、けっきょくこれも利己的であると思うんです。世の中がほんの少しよくなれば、それは回りまわって自分にとっても利益になりますから」

これはさすがにきれいごとにすぎますが、と小さく笑ってつづける。

「生き残りたい！　という思いで書かれた作品は、エゴが滲《にじ》み出てくると思うんです。我欲でつくった作品は、読者にはすぐに見破られると思うんです。

生き残りたい、と思うのは当然です。自分のために書くのだっていいんです。でも、それを出発点にしてはいけないと思うんです。その思いは、ものづくりとは切り離さないといけない。作品は百パーセント、読者のものじゃなきゃいけないんです」

小金井の話を聞きながら、わたしは甕川叶とのお絵かきのときに抱いた気持ちを思い出していた。

創作は、人に届いて初めて完成する――。

そのときも思っていた。自分は売れる作品、認めてもらえる作品ばかりを考えていたのではないかと。だからこそ結果が出ず、その後も迷走し、なにを描けばいいのかわからなくなってしまったのではないかと。

あれから半年も経っていないのに、わたしはすっかり忘れていた。

「ああ、すみません――」小金井がくしゅっと顔を縮める。「偉そうに語ってしまいました。売れない作家が言っても説得力がないですよね」

「いえ、とんでもないです。とても身につまされる話で」

「もちろん、我欲百パーセントで書かれた作品が評価されたり、人気を博すことだってあります。それがエンタメの難しいところであり、おもしろいところでもあるんですが。だから、いまの話はあくまでひとつの考え方と捉《とら》えてください」

「いえ、違うんです。おかげさまで見えてきた気がします」

「と、いうと？」小金井は不思議そうな顔をした。

「わたしが、ブレーキを踏んでいる理由です。大事なことなのに、いちどは気づきかけたことなのに、すっかり忘れていました。もしあのまま有頂天になって小松さんの依頼を受けていたら、きっとおんなじ過ちを繰り返していたと思います。売れるために、生き残るためにマンガを描いてしまった気がします。誰に届けたいのかもわからずに、マンガを描いてしまっていたと思います」

忘れてはいたけれど、心の奥底では覚えていた。

だからこそ立ち止まれ、思い出せと、心の奥底にいる自分がブレーキを踏んでくれた。

それだけでもわたしは成長したということだ。いまはそう思いたい。

「では、解決した、ということでしょうか」

小金井の表情には変わらず戸惑いが浮かんでいた。

「はいっ」わたしは笑顔で答える。「本当にありがとうございます。いま、すごくマンガが描きたくなっています」

「お役に立てたようで、よかったです」

戸惑いを残したまま小金井が言い、降矢もまたきょとんとした顔で「よかったです」と言った。

再度お礼を言って大家の部屋を辞した。

自分でも不思議なくらい、体の奥からこんこんと創作意欲が湧いてくる。こんな気持ちになったのはいつ以来だろう。

階段の二段目に、まるでわたしの戻りを待っていたかのようにボタンが座っていた。同じ段に腰かけ、彼の頭と体を撫《な》でる。

気持ちよさげに目を細めるボタンを見ながら、そういえば最初はおっかなびっくり撫でていたなと思い出す。いまではすっかり、ごく自然に撫でられるようになった。降矢のような激しいスキンシップではないけれど。

猫目荘に越してきて八ヵ月近くが経った。あっという間だった気もするし、いろいろあったような気もする。なにも変わっていないような気がするけれど、いろいろ変わったんだよなと思う。

もし自分を主人公にして、この八ヵ月の出来事をマンガにしたらどうなるだろう。どの瞬間を切り取り、どのエピソードを選んで描くべきだろう。

つくる側に回って、気づいたことがある。

フィクションの登場人物は誰もが輝いていて、さまざまなイベントに溢《あふ》れ、生活が充実していて、人生を謳歌《おうか》しているように見える。ひるがえって現実はなんでこんなに毎日が単調でくだらないのだろうと。

でも、と思うのだ。それはフィクションが人生のほんの一部分だけを切り取って描いているからだ。朝起きて、顔を洗って、歯を磨いて、トイレ行って、着替えて、出勤して、飯食って、仕事して、飯食って、トイレ行って、また仕事して、ときどき同僚と雑談して、トイレ行って、などというおもしろみのない繰り返しは物語ではばっさりカットされるからだ。

フィクションにかぎらず、はたから見てとても輝いた人生を送っているように見える人物だって、人生のほとんどの時間は退屈で単調な、物語ではカットされてしまう出来事の繰り返しだ。そういうものだ。

ボタンを撫でながら、つらつらとそんなことを考える。

同時に、自分の頭のなかにもやもやとした不定形の、わたしが〈物語の種〉と呼んでいるものが浮かび上がってきたのを感じた。種と言ってもはっきりと姿が見えるものでなく、靄《もや》のような摑《つか》みどころのない、捉えどころのないもので、けれどこの靄のなかを探ったり、さまよったりすることで、少しずつ物語のかたちが見えてくる。でもきっと〝昔のわたし〟に届けるための物語になるような気がした。

「ありがとう、ボタン。すごくいいものが、つくれるような気がする」

声に出して言って、お礼を言うべきは小金井と降矢か、と思い直す。いや、ここまでわたしに関わってくれたすべての人に、だ。

「なんだろう、このわくわく感。忘れてたなぁ。ものつくるって、やっぱり最高に楽しいや」

自分の描くマンガで、世界は変えられる。そんな気持ちが湧いてくる。なんでもいいからいますぐにでも、真っ白の紙に絵をぶつけたい。物語を紡ぎたい。

「自分のマンガで、世界を変えてやれって。いまそんな気分。わかる？」

「なぁ」

わかるよ、と言ってくれたんだろうか。おまえならできるさ、と言ってくれたんだろうか。

「ありがとう！」と言いながらボタンの顔を両手で挟んでぷにぷにの頬をぐにぐにともてあそぶ。迷惑そうな顔で「なぁ」と抗議してきたので――今回の「なぁ」は間違いなく「やめろよ」だ――ごめんごめんと笑いながら手を離した。

よし、と小さく気合いを入れて、ポンッとボタンの体を叩《たた》き、立ち上がる。

「よし、いっちょやりますか」

けれど、大事なのはここからだ。時間をかけて、自分自身と向き合わないといけない。自分はどんな物語を描きたいのか。なんのために描きたいのか。その物語を誰に届けたいのか。なにを届けたいのか。

そこまで考えて初めて、物語は読者に届く。

読者に届いて初めて、物語は完成する。

完成した物語は、世界を変える。
物語は無限だ。想像力に果てはない。
広大な世界へとひろがる自室のドアを、わたしは開いた。

第六話　春が来て、ふたりの見つけた物語

「いや、違う、違うんだよなー」

言いながらタッチペンのお尻《しり》で頭をごりごりと刺激していた。創作にのめり込んでいるときはひとり言が増えてしまう。

わたしは部屋に籠《こ》もって新作の構想を練っていた。

小松にはしばらく待ってほしい旨を伝えている。自分がなにを描きたいのか、考える時間がほしいと。

小松は快く了承してくれたものの、メールでは先方の温度感はわからない。でもとにかくわたしは、いま自分の描きたいもの、描くべきものを見つけ、それをかたちにまとめて彼女に見てもらうつもりだった。そこからはじめなくてはならないと思った。

「やっぱり冒頭は下宿屋にやってくるところからはじめたいな。田舎から上京してき

た？　都内で引っ越し？　なんで引っ越した？　住んでたアパートが取り壊しになったとか。いや、それはおもしろみがないなー。一階でガス爆発があったとか」

ぶつぶつとつぶやきながら、気づけば目の前の画面には爆発するアパートのイラストが出現している。

わたしはアイデア出しの段階からフルデジタルでおこなうようにしていた。思いついたアイデアを文字や絵にして、白いキャンバスにただひたすら書いていく。無秩序な思いつきを書き連ねていくうちにふと、これは使えるんじゃないか、というアイデアが出てくるのだ。

イメージとしては、魔女が秘薬をつくるときのような大きな鍋《なべ》に思いつくかぎりの材料を無分別に放り込んで、ぐつぐつと煮込んでいるうちに、どろどろの鍋のなかからポンッとアイデアが飛び出してくる感じだ。

それはディスプレイを前にうんうんと唸《うな》っているときが大半だが、シャワーを浴びているときや、食事をしているとき、アニメを見ているとき、道を歩いているとき、寝起きの半覚醒《かくせい》状態のときなど、脈絡なく飛び出してきたりもする。

思いついたことを手で書くという行為に加え、浮かんだ言葉や絵を目で見ることで頭のなかに鍋がつくられ、それはわたしが意識していないあいだもぐつぐつと煮込まれているのだと思う。

「ま、このへんは後回しでいいか。それよりまず、主人公の設定だよな。いや、物語の骨格を決めれば、主人公はおのずと固まるか……」

卵が先か鶏が先か問題は、アイデア出しのときによく陥ることだ。けっきょくは卵が先のこともあるし、鶏が先のこともある。

「やっぱりマンガ家という設定はオミットしよう。そう、もっと普遍性を持たせたほうがいいよね。普遍性。普遍性。夢破れた人間じゃなくて？　夢が見つからない人のほうが世の中には多いのかな。生き方がわからない、とか？　ね、ほんと、生き方を教えてくれよな」

気づけばまったく設定すら決まっていない主人公のラフを好き勝手に描きはじめている。半分現実逃避のように描きはじめた手遊《てすさ》びのキャララフだったが、なんだかいい感じになってきた。

「がんばっておしゃれしても、素朴さが抜けない感じかな。陽キャじゃないけど、陰キャでもなくて。知らない人ばっかりのところでは存在感を消すけど、仲間内の場では元気っぽい。あ、なんか、大家の降矢さんにちょっと似てるかも。この憎めなくてかわいらしい感じ」

生み出されたばかりのキャラクターを見てふふふと笑っていると、ふいに閃《ひらめ》きが生じた。主人公の生い立ち、現状、苦悩、過去のトラウマ、葛藤《かっとう》、人間関係、そして物語の意味が、爆発するように一気に溢れ出す。

ごくごくたまにある「降りてくる」というやつだ。

頭のなかに溢れ出した膨大なテキスト、イメージを、わたしは一滴もこぼさないように、取り憑《つ》かれたように必死に書き留め、描きつづけた。ただひたすらに、無言で、機械のように。


「これで、だいたい、全部かな……」

時計を見やる。気づけば二時間以上が溶けていた。うしろに倒れ込むように畳に寝っ転がる。めちゃくちゃ疲れていた。でも、めちゃくちゃ気持ちよかった。

降りてくるというやつは、たぶん人生で三回目。でも、これほどの分量が一気に降ってきたのは初めてだった。

人間の脳みそは本当に不思議だなと思う。書き留めるのに二時間以上かかるテキストやイメージが数秒のうちに頭のなかで展開されるというのは、経験したことのない人にとってはたぶん信じられないことだろう。でも、紛れもない事実だし、少なくない創作者が経験していることだと思う。頭のなかで何日も、何週間も煮込まれつづけていた魔女の鍋が、ビッグバンを起こしたような感じだ。

とにかくおかげで、長いあいだ燻《くすぶ》っていた作品の構想が一気に具現化した。覆っていた靄《もや》が晴れ、確かな全体像が見えてきた。いちばんきつい最初の関門を、どうやら突破できたらしい。

「やっぱ、気持ちいいわ……」

素っ気ない木の天井を見ながらつぶやく。体はぐったりなのに、充実感、恍惚感《こうこつかん》、満足感、なんて表現したらいいかわからない、とにかく気持ちいい感触に全身が包まれている。

これが創作の喜びかどうかはわからない。

でも間違いなく、創作における祝福だ。

この作品のコードネームは「ブレス」だなと、天井を見つめたまま、ふふっとわたしは笑った。

読み返す余裕もなく書き殴った文章なので誤字だらけだし、日本語になっていないところも大量にある。

読み返しながら逐一それを修正し、その過程でさらに思いついたアイデア、こぼれていたアイデアを書き足していく。このへんはわりと地味な、単純作業って感じだ。

控えめな音量でスマホが聞き慣れたメロディを鳴らした。

もうそんな時間か、とアラームを止める。夜のまかない開始時刻の五分前だ。創作をはじめると時間を忘れてのめり込みがちなので、毎日鳴るようにアラームを設定していた。気づけばまかないが終わっていた、なんてのは悲しすぎる。

着る毛布を脱いで手と顔を洗い、口をすすいで、人様に見られてもぎりぎり大丈夫な室内用の上着を羽織り、部屋を出る。

最近しみじみ思うのは、猫目荘は籠もって創作に集中するのに最適な環境だということだった。

朝夕ちゃんとした食事が出るので、昼間は買い込んでおいたパンやカロリーメイトでも充分である。食事のことを考えないで済むのは集中するうえでとてつもなくメリットが大きい。

食事の時間が決まっているので生活リズムが狂うことがなく、必要以上に自分を追い込むこともない。フリーランスは体が資本だ。徹夜して、エナジードリンクをがぶ飲みしたところでいいアイデアが浮かぶわけではないし、健康を害するだけで持続性もない。

「あっ、倉橋さん、お待ちしてました－！」

食堂に入るなり、台所にいる降矢が笑顔で手を振って出迎えてくれた。こんなのは初めてのことだった。うしろには背を向けた小金井もいる。

「どうしたんですか。なにかいいことでもあったんですか」

「いえいえ、今日はお正月じゃないですか」

「はい。そうですね」

今日は一月一日、正真正銘の元日である。

街も、猫目荘も、いつもよりしんと静まりかえっていた。

お盆やゴールデンウィーク、年末年始など、世の中の多くの人が休んでいるときに働くのは嫌いじゃない。マンガ家となったときに気づいた自分の資質だった。時間がゆっくり流れている感じがして、創作活動に集中できるのだ。

「だから、人、少ないじゃないですか」

「ですね。今朝は新井さんとふたりだけでしたしね」

茅野、蓬田、二ノ宮は昨年末から旅行か帰郷かで少しずつ減っていって、今朝からはいよいよ中村もいなくなり、新井とふたりきりになってしまったのである。

朝のまかないはお雑煮と、おせちに使われがちな食材を皿に盛ったものだった。かまぼこや伊達《だて》巻《ま》き、昆布《こぶ》巻《ま》きのほか、黒豆やごぼうなど。さらには栗きんとんもあって、ふだんとは違う贅沢《ぜいたく》さがあった。

正月だし、テーブルもスカスカだし、ということで今朝は降矢もいっしょに食事をしていた。初めてのことだ。

「で、今晩は新井さんもいないんです」

「あ、そうなんですね。いよいよわたしだけですか。なんか、わたしのせいで正月休みが取れなかったとしたら、申し訳なかったです」

いえいえいえ、と降矢は勢いよく顔の前で手を振った。

「もとより予定がなかったですから。休んでもよかったんですけど、どうせ部屋でごろごろするだけなので。で、今晩唯一の住人である倉橋さんがやってきたので、嬉《うれ》しくなって手を振ったと。それだけです」

「そうでしたか」思わず笑ってしまう。「じゃあ今晩もいっしょに食べましょうよ」

ですね、と降矢が答えると同時に、台所で作業をしていた小金井が振り返る。

「わたしもごいっしょしていいですか」

「もちろんです」

まさかふたりの大家と食卓を囲むことになるとは思わなかったが、正月らしい特別感、のんびり感があっていいかもしれない。

これまた特別に小金井が配膳《はいぜん》をしながら説明してくれる。

「今晩はちらし寿司《ずし》です。お正月らしい具材を散らしてみました。少しだけ特別感のある、おめでたい雰囲気の料理を、ということで」

「いいですね。旅行や里帰りをしなかった人へのご褒美ですね」

いつもの席は短辺のお誕生日席なのだが、三人だけなのでわたしと降矢が長辺の席に並び、降矢の向かいに小金井が座った。

いただきます、とこれまた珍しく三人が揃って唱和し、ちらし寿司に向き合う。重箱っぽい四角い器に入れられていて、猫目荘にこんなのがあったのかと驚く。あとはお吸い物だけとシンプルな構成。

ちらし寿司には伊達巻きやサーモン、かまぼこ、昆布巻き、レンコン、絹さやなどが刻んで散らされていて、見た目にも鮮やかで食欲をそそられる。人が少ないのでいつも以上に人目を気にすることなく、箸《はし》からこぼれそうな量を一気に口に運んだ。つんと甘酸っぱい酢の香りが鼻腔《びこう》をくすぐる。

とろけるようなサーモン、サクサクのレンコン、絹さやの甘みとしゃきしゃき感、旨《うま》みの固まりのような昆布。ごはんを口に運ぶごとに、さまざまな味わい、食感が、口のなかにひろがっていく。ひとつだけのときもあるし、ふたつ以上の組み合わせもあり、毎回新鮮な味わいがある。さらにそこに甘くて酸っぱい酢飯の味が加わり、ごはんのつぶつぶ感が口のなかで転がっていく。

なんだかとってもおめでたい味だ。お正月も猫目荘に居座って正解である。

ちらし寿司の感想をふたりの大家とひとしきり語り合ったあと、降矢が控えめに尋ねてきた。

「住人の方のプライベートに踏み込むつもりはないので答えていただかなくてもけっ

こうなのですが、最近はずっと、部屋に籠《こ》もってマンガを描いているのでしょうか」

「いえいえぜんぜん大丈夫ですよ。こちらこそ先日は相談に乗ってもらったので。はい、最近はほぼ部屋に籠もって作品づくりです。マンガを描くというか、いまはまだ構想を練っている段階なんですけど」

降矢の表情がほっとしたものに変わる。

「よかったです。うまくいくことを願っています」

「ありがとうございます。さっきも思ったんですが、ここは部屋に籠もって創作に集中するには抜群の環境ですよね。朝晩とまかないが出るのはほんとにありがたいです。いまはバイトも週二に減らして、ほとんど外に出ることもないですから」

創作に集中するため退職も考えたのだが、「退職時は一ヵ月前に告知する」というルールがある。そこも含めてバイト先の社員に相談したところ、むしろすごい勢いで慰留されてしまった。職場環境はよく、仕事も嫌いじゃなかったし、情にもほだされ、逆に退職は保留して週二勤務というかたちで折り合いがついたのである。

結果として週二くらいは外に出て、体を動かすのがちょうどいいかもしれないと感じはじめていた。

「そう言ってもらえると嬉しいですね」と小金井が微笑む。「くれぐれも根を詰めすぎないようにしてくださいね」

「ありがとうございます。まかないのおかげで規則正しい生活になるので大丈夫だと思います。まかないを食べ損ねるともったいないですしね」

降矢が「そうだ！」と手を叩《たた》く。

「創作活動に最適！　というキャッチコピーで募集をかけたらどうでしょう。有名なマンガ家とか小説家とか、ミュージシャンが来てくれるかも」

「ミュージシャンは無理でしょう。うちは防音ゼロですからね。あと、現在空き部屋はありませんよ」

「あ、そうでした……」

降矢は素で気づいていなかったようだ。ふたりに見られないようにこっそり笑う。

この憎めないキャラはぜひとも作品づくりに活用したい。

サーモンと酢飯のコラボレーションを舌の上で堪能《たんのう》したあと――とろけるようなサーモンのまろやかさよ！　――ちょうどいい機会かとわたしは小金井に質問を繰り出した。

「あの、大したことじゃないんですけど、一点だけ確認したいことがありまして。よろしいでしょうか。その、いまつくっている作品のことなんですけども」

「はいはい。どういったことでしょうか」

小金井は表情を引き締めた。

「いま構想を練っている作品なんですが、じつは猫目荘のような、大人向けの下宿屋を舞台にしたものを考えてまして」

「おお、そうなんですね！　すごくいいと思います」

「ありがとうございます。それでやっぱり、小金井さんには話を通しておいたほうがいいかと思いまして。もちろん猫目荘という名称にはしませんが、このアイデアを使ってもかまいませんか」

「もちろんですよ！」小金井は嬉しそうに言う。「大人向けの下宿屋は昔からありますし、べつにわたしの専売特許じゃないですからね。むしろとても嬉しいです。昔から深山とも、こういう形態の下宿屋がもっと増えてくれたらと言ってましたから。そのきっかけになるかもしれません」

「いえ、そんな。まだかたちになるかわからないですし、仮になったところで世の中にひろまるほど売れるとは思えませんし」

「いやいや、そういう大きな気構えも大事ですよ」

たしかに、と納得する。作品が世界を変えるとは、そういうことなのだ。

「では、その、小金井さんは、猫目荘のような下宿屋を小説で書かれているんですか」

作品の舞台を猫目荘のような下宿屋にすることはかなり早い段階で決まっていた。これは〝昔のわたし〟に届ける物語だ。下宿屋で人生を見つける物語にしたかった。

これは、わたしだからこそ描ける物語だ。

ただ、小金井の小説とかぶってしまったら、という危惧《きぐ》はあった。筆名を教えてもらっていないので確認のしようもない。小説とマンガという媒体の違いはあるし、物語まで似たようなものになるとは思えなかったけれど、少なからず不安はあった。

「それがいちどもないんですよ」と小金井は笑顔で否定したあと、「書こうと思ったことがなかったわけじゃないんですが……」と顔をしかめて腕を組んだ。

「そうなんですね。意外です。どうして、お書きにならなかったんですか」

「なんというか、自分は当事者すぎるといいますか。物語として書くには客観的に見つめられる距離感と、作劇の都合として嘘を盛り込む割りきりが必要だと思うんです。リアルに書かれた物語は、ときに冗長であったり、つまらなくなりがちですからね。どっぷり浸《つ》かっているからこそ、うまく書けそうにないなと考えてしまいまして」

「たしかに。そういうのもあるかもしれませんね」

プロの豊富な知識が、作劇ではかえってマイナスに作用することはありうることだった。知りすぎているからこそ自由な発想ができなくなる、というのもありそうだ。

「とはいえ、弁護士の方が書かれる弁護士ものは、リアリティがあっておもしろかったりもしますしね。ただ、これは誰もができることじゃないと思うんです。プロ視点のリアリティを持ちながら、素人視点のリアリティも同時に持っていないとできないですから」

それもまた、ひとつの才能というわけだ。

ともあれ——、と小金井がわたしを見つめる。

「倉橋さんの作品が完成するのを楽しみにしています。わたしもいずれは猫目荘を舞台にして書いてみたいとは思っていますし、その参考にさせてもらいます」

そう言っていたずらっぽく微笑んだ。

わかりました、とわたしはうなずいた。これがきちんと作品として世に出たならば、自分のペンネームを伝えることにも作品を読まれることにも抵抗はない。

「いまのところまったく未定というか、作品にならない可能性のほうが高いですけど、無事に世に出たときはちゃんとお知らせします」

「ちょっと待ってください！」降矢が叫ぶ。口からごはん粒が飛んだような気がするんだけど。「小金井さんは作家名も、作品名も教えてくれないのに、倉橋さんの作品だけ読もうってのは虫がよすぎませんか」

たしかに、と小金井は大きく笑った。

「こうしましょう——」降矢は人差し指を立て、一方的に提案する。「倉橋さんの作品、猫目荘のような下宿屋を舞台にしたマンガが世に出たら、小金井さんはわたしと倉橋さんに作家名を教えてください」

なんでしれっと自分まで入れてるんだという突っ込みと、彼女も知らないんだなという思いが混ざる。

いいですよ、と笑いを引きずりながら小金井がうなずく。

「倉橋さんにお伝えするのに否やはないです。交換条件ということで。ただし、降矢さんにお伝えするのは納得できませんね。理由がありません。わたしを納得させられるだけの理由を教えていただけますか」

「いいですよ」ちょっと拗《す》ねたような口調で彼女は言う。「あれですよ、いまのわたしは、倉橋さんの代理人ですよ。そう、代理人なんですよ。小金井さんと交渉し、倉橋さんにとって有利な条件を引き出すために雇われたんです。当然、成功報酬を受け取る権利がありますよね」

「納得しました。では、そのときは降矢さんにもお伝えします」

いいのかよ！　絶対思いつきでしゃべってただろ。

「やりましたね！」

降矢がこっちを向いて両手で握りこぶしをつくる。なんだかわからないけど楽しいからすべてよしだ。

「ありがとうございます。降矢さんのためにもがんばりますね」

「がんばりましょう！」両手の握りこぶしを縦に揺らす。「そうだ！　こうしましょう。正月三が日限定で、だから明日あさってだけですけど、お昼ごはんにおにぎりを差し入れします。応援、ということで」

「ああいえいえ、そんなそんな、申し訳ないです」

「いや、それくらいしないとわたしも申し訳ないですから」

さっきのがむちゃくちゃな理論だってことは自覚してるんだ。

「ちょっと待ってください」小金井が冷静に告げる。「そのおにぎりを猫目荘の食材でつくるのは問題がありますよ。ほかの住人の方からいただいたまかない代を流用することになってしまいます」

「わかってます。ちゃんと、こっちのぶんのお米からつくります」

「いやそれわたしのぶんも入ってるんですけどね」小金井は苦笑したあと、それなら、とうなずいた。「三が日はほとんど人もいませんし、暇ですしね。勤務中につくるのも目をつぶります。ただ、くれぐれもほかの住人の方に見つからないようにしてください。あらぬ誤解を受けてはいけませんので」

たしかにわたしだけ特別扱いされていると思われたらトラブルの元である。

降矢は「わかりました。ありがとうございます！」と元気に答え、わたしに好きなおにぎりの具材などを聞いてきた。

引きつづきちらし寿司《ずし》をいただきながら降矢の質問に答える。よけいなプレッシャーが増えてしまった感もあるのだけれど、嫌なプレッシャーではないので大丈夫だろう。

正月らしくない正月は上京以来慣れっこだったものの、今年はずいぶんすてきな正月になりそうだ。彼女のためにもがんばらねばなるまい。

ちなみにちらし寿司の具材のなかで、かまぼこの存在感は最後までほとんどなかった。あれは単体で食感を楽しむものだよなー。

部屋のドアが控えめにノックされ、「はい」と答えてドアを開ける。降矢によるおにぎりの差し入れだった。

「ありがとうございます。二日間、すごく助かりました」

今日は三日。最後の差し入れだ。

「いえいえ。あのときの話は半分冗談みたいなものですけど、そういうのとは関係なく、ほんとに応援してますので。その――」

降矢は言い淀《よど》み、気恥ずかしそうに視線を下に向ける。

「倉橋さんのように、自分の夢というか、やるべきことを明確に持っている人は、本当にすごいなと思っていて。尊敬もしていて」

「いや、わたしはそんな、尊敬されるような人間じゃないです。その夢も、すごく中途半端にしか動けなかったし、中途半端な結果しか残せてないですし」

「それでも、です。わたしは三十になるまで、ずっと空っぽの人生しか過ごせなかったですから。いろいろあって、いまは心地よく過ごせてますけど、それもずっとつづく保証はないわけで。そうなったとき、また右往左往してしまう恐怖は心のどこかにあって。でも、倉橋さんのようにしっかり自分の進むべき道を知っている人は、どうあっても突き進んでいけるんだろうなって思いますし」

「買いかぶりすぎですよ……」それはどこの倉橋さんかと苦笑するしかない。「わたしも右往左往しっぱなしですよ。不安だらけだし、進むべき道なんてずっと手探りです」

「そうなんですか」

「人生みんな、右往左往じゃないですか」

ふふっ、と降矢は笑ってくれる。

「そうですね。人生、そんなもんですよね」

考えてみればわたしだって、降矢を見てしっかり自分の人生を歩んでいる人だと思っていた。多かれ少なかれ、そんなものかもしれない。他人の人生は得てして結果だけ見えて、過程は見えない。表面は見えても、裏側は見えない。

「あっ、おにぎりの具——」降矢がいつもの彼女に戻る。「今日は鮭とこんぶと梅干しです」

王道！　だがそれがいい。

あとおにぎり三つは正直多すぎなのだけれど、おいしいしせっかくだしと、ふたつに減らしてくれとはけっきょく言えなかった。ま、二日だけだし、頭使うとおなか減るし。

再度降矢に礼を言って、作業に戻る。

元日に降りてきたアイデアは時間が経ったあとで見直しても間違いなくおもしろいと思えるものだった。ひと晩寝かす、というのがアイデアの価値を見極めるうえではいちばん有効な策だ。このアイデアを軸に膨らませていけば、いいものができるという確かな感触があった。

とはいえ、現状ではあくまで物語の骨子でしかない。重要な部分ではあるが、すべてではない。周囲を見渡しても、まだまだどこもかしこも霞《かすみ》がかっている状態だ。

どれだけおもしろい物語になるか、あるいはおもしろい物語を生み出す基盤をつくれるかは、ここからの肉づけ、膨らませ方による。考えなければならないこと、やらなければならないことはまだまだ大量にあった。

創作意欲は変わらずに自分のなかで燃えている。

これまでとはまったく違うものを生み出せる予感があった。

けれど、それはリスクでもある。小松は、わたしの過去作品を評価して、いっしょに仕事がしたいと言ってくれたのだから。

でも、あと戻りはできない。あと戻りが正しい道だとは思えない。自分は新しい「十倉ゆめの」を生み出さなくてはならないのだ。それでもし小松に断られても仕方ないと、自分でも清々《すがすが》しいほどに割りきっていた。そうなっても、必ず道は切り開ける。そんな根拠のない自信もあった。

蓬田が語ってくれた才能の話――。自分が活《い》かせる才能はなんなのか。自分の武器になるものはなんなのか。

叶が思い出させてくれた気持ちと、気づかせてくれたこと――。絵を描くことの自由さと楽しさ。自分だって誰かになにかを届けることができる。

中村の示してくれた人生の歩き方――。先の見えない混沌《こんとん》を楽しめ。自分の好きなことを突き詰めろ。

二ノ宮の冒険から受け取ったもの――。人間の強さ。人生に失敗なんて存在しない。やればなにかは残るんだ。

小金井が教えてくれた創作者の矜持《きょうじ》――。物語には世界を変える力がある。自分のためじゃなく、誰かの心に届く物語を生み出せ。

降矢から託された思い、あるいは応援――。おにぎりを頬張り、よし！　と気合いを入れる。

考えて、考えて、考えて。考え抜いて、考え抜いて、考え抜く。

さあ、わたしの物語をはじめよう――。


メールの文面も、添付するワードファイルもPDFも、何度も何度も読み返したし見直した。けれど本当にこれでいいのか、と弱気の虫が疼《うず》いて、なかなか送信ボタンを押せない。しかし止まっていては前に進めない。

大丈夫、問題ない、間違いない。というかこれ以上いじくり回したらかえって変になる。それに多少の変更で結果が変わるわけじゃない。

ええい、ままよ！

………やっぱりもういちどだけ見直すか。

「なぁ」

自分の情けなさに辟易《へきえき》したとき、部屋のドアの向こうからボタンの鳴き声が聞こえた。珍しい、というか初めてのことだ。

ドアを開けると廊下に立つボタンはもういちど「なぁ」と鳴いた。

「入る？」

「なぁ」

のたのたとした足取りでボタンが室内に入ってくる。ふと立ち止まって吟味するように室内を見渡したあと、先ほどまで座っていた座布団の上で丸まった。いや、そこわたしの席なんだけど。

しょうがないなー、と微笑みながら隣で畳の上に座る。猫様には逆らえない。

その代わり、と両手を伸ばして包み込むようにボタンに触れた。

温かい――。気持ちが一気に和らぐ。まさに天然の湯たんぽだ。

二月初旬、そろそろ寒さのピークを迎える頃合いである。しかも猫目荘の断熱はベニヤ板くらいじゃないかと思えるので、冬の冷え込みは厳しい。この時期の猫は生活インフラだ。

「いちおうさ――」倒れ込むようにして顔もボタンに密着させ、ついでとばかり語りかける。「完成はしたんだよ。小松さんに送るもろもろ。いいと思うんだよ。おもしろいと思うんだよね。でもさ、なかなか送る勇気が出なくて、ぐずぐずと見直しばっかりしてる。情けないよねー」

ボタンはなにも答えなかったが、呼吸のたびにわずかに膨らんだり縮んだりする体の感触が心地よかった。

「物語の舞台はここみたいな下宿屋。主人公である三十歳の女性が越してくるところからはじまるんだよ——」

主人公は地元静岡の業務用ソフトメーカーに勤め、よくも悪くもない平凡な日々を送っていたが、とあるきっかけで「何者かになりたい！」と青い思いをこじらせ会社を辞めて上京する。

しかし「何者か」になるべくさまざまな創作活動や自己表現に挑戦するが、なにひとつうまくいかず、自分の才能がどこにあるのかもわからず、気づけば怠惰な日々を送るようになる。そんなおり、ひょんなことからまかないつきの下宿屋に越してきて——。

そこからはじまる物語だ。

その後主人公は周りの人間との関わり合いを通じて、自分の進むべき創作の道を見つけ、さまざまな苦悩と喜びを経験する。

作品のコンセプト、登場人物の設定、大まかな構想をまとめた文章とともに、最初の数話ぶんのネームを作成した。

あとは送るだけ、なのだが、この四、五日ずっとためらっている。

わたしはボタンに物語の内容を語った。はた目には猫に語るヤバい奴だが、誰もいない自分の部屋なので大丈夫。

「どう？　おもしろいよね？　主人公の活動はすんなりうまくはいかないの。というか、うまくいかないことばっかり。でもときおり祝福も訪れる。小金井さんと話をしたあと『創作者の呪いと祝福』って言葉を思いついたんだ。これは作品の核になるって思った。

届けたいのは昔のわたし。夢をあきらめた人。一歩を踏み出せなかった人。遅すぎることなんてない。夢に賞味期限なんてない。だからこれはわたしが描くべき物語なんだ。わたしだから届けられる物語なんだよ。ボタンも、そう思うよね」

「なぁ」

わたしは体を起こし、まじまじとボタンを見つめた。ほんとに答えてくれたことにびっくりする。

もちろんボタンはただ鳴いただけだ。人間がなんか言ってらぁ、と鳴いただけだ。でも、なんだかとても安心できた。勘違いでも思い込みでもなんでもいい。背中を押してくれれば、それで充分だった。

よし、と小さくつぶやいて立ち上がると、ボタンの居座る座布団を避けてパソコンに手を伸ばし、えいやっ、とメールの送信ボタンを押した。

ボタンに背中を押されてボタンを押した、だなと気づいて自分で小さく笑う。

素っ気なく〈送信が完了しました〉と表示されるのを見て、長い吐息をつく。終わった。ついに終わった。

「いや、違う。これははじまりなんだ」

自分で言って、自分で恥ずかしくなった。

時計を見やると、そろそろ夜のまかないの時間だった。

パソコンの電源を落とし、先んじてスマホのアラームを止めたあと、思いついて〈予定どおり明日帰るからよろしく〉と母にメッセージを送った。

立ち上がって着る毛布を脱ぎ、再びスマホを持ち上げたとき、メールの着信通知がスマホの画面に浮かんだ。相手は小松だ。メールはパソコンから送ったが、ウェブメールなのでスマホでも共有できる。

とたんに、猛烈な勢いで心臓がばくばくしはじめた。

わたしはなにかとんでもない失態をやらかしたのかもしれない。小松は激怒しているかもしれない。わたしはもう業界を干されるのだ。あ、いや、とっくに干されてたか。

さまざまなマイナス思考が脳内を高速で駆け巡り、逃げ出したい衝動に駆られたあと、いやいやただの受領確認メールだろ、とようやく冷静な判断がやってくる。

それでもまだ早鐘を打ちつづける心臓を宥《なだ》めつつおそるおそるメールを開くと、やっぱりただの受領確認メールだった。安堵《あんど》の吐息をつく。

出会ったときの冷静な印象とはうらはらに、わりとテンション高めに、びっくりマーク多めに感謝の言葉も綴《つづ》られていた。

それでも、送ったアイデアを彼女に気に入ってもらえるかはわからない。なにしろわたしの過去作とはまるで毛色が違うものだ。わたしに失望し、この話はなかったことに、と丁重に断られる可能性のほうが高いのかもしれない。

それでも悔いはなかった。たぶんすごく落ち込むだろうけど、また同人活動からやり直せばいい。その覚悟はできている。

わたしはまかないを食べるために部屋を出た。

名残惜しいがボタンを部屋から追い出して。


食堂に降りると、台所にいる降矢にカウンター越しに話しかけた。

「降矢さん、明日から三日間、予定どおり実家に帰りますのでよろしくお願いします」

「ああ、はいはい、聞いてます。えっと――」降矢はカウンターに置かれたタブレットを確認する。「明日の夜、あさっては朝夜、しあさっての朝はまかないはいらない、という予定も変更なしですね」

「はい、予定どおりです。お願いします」

「了解です。でも、ずいぶん中途半端な時期にご実家に帰られるんですね。法事とか、ですか。――あ、ごめんなさい、突っ込んだことでしたね」

たしかに二月初めの、しかも平日だ。間違いなく中途半端な時期である。

「ああいえ、ぜんぜん大したことじゃないですから。去年は年始もお盆も帰ってなくて、今年も正月に帰れなかったというか、帰らなかったですから。そろそろ帰っておこうかと、ただそれだけです」

嘘ではない。嘘ではないが、すべてでもない。

新作案をつくり上げ、小松に送ったあと、わたしにはもうひとつ片づけておきたいことがあった。そのため完成の目処《めど》がついた段階で、実家に帰る段取りを組んだ。かなり余裕を持った日取りにしていたが、実際余裕を持って完成はしたのだが、送る勇気が持てずにだらだらと微修正を繰り返し、けっきょく送ったのは帰郷前日の今日になってしまった。

結果としては、自分で期限を設けておいて正解だったと思う。実家に帰る予定がなければ、まだぐずぐずと小松に送るのをためらっていたかもしれない。

まかないを受け取り、席に着く。

今晩のまかないには玉子焼きがあった。メインではなかったけれど、小鉢に入った玉子焼きの上に大根おろしが添えられている。

最初のまかないのリクエストは玉子焼きだったなと思い出し、あれからもう一年近く経つんだな、と思う。さらには山で聞いた中村の話も思い出す。卵と賞味期限の話。わたしはちゃんと、加熱できただろうか。

夢の賞味期限を延ばすことができただろうか。

いやいや、と箸《はし》を掴《つか》みながら、心のなかでかぶりを振る。

こんなのはただの比喩《ひゆ》表現だ。人間に賞味期限なんてものはない。仮にあったとしても結果論でしか語れないものだ。人それぞれ、場合によりけりで、年齢や期間で区切れるものじゃない。

さすがに今日は感傷的になっているな、と思いつつ、自分のなかのセンチメンタルをぶった切るように玉子焼きを真っ二つに切った。大根おろしに醤油《しょうゆ》を少し垂らし、口に運ぶ。

まかないの玉子焼きは、ほんのり甘くて、ふっくらふわふわで、卵の旨《うま》みがたっぷり感じられて、いつもどおりに最高においしかった。

ぽちぽちと住人たちが食堂に集まってくる。

「今日はずいぶん甘い匂いがしますね！」

入ってくるなり賑《にぎ》やかな声を上げる二ノ宮も登場し、住人全員が揃った。珍しい、というほどではないけれど、とくに夜は週に一回、二回、あったりなかったりか。

甘い匂いの正体は、今夜のメインであるニシンの甘露煮だろう。

「へえ、甘露煮って言うんですね。ニシンの甘露煮なんて初めて食べるかも」

席に着く二ノ宮に、茅野が驚いた声を上げる。

「ほんとに？　いままでいちども？」

「いや、たぶんですけど、食べた記憶はないですね。あるかもしれないけど」

「食べたことあるかどうかくらい、ふつう覚えてない？」

「いや、全部が全部は覚えてないでしょ。茅野さんはいままで食べたパンの数を覚えてるんですか」

「いや、話変わってるじゃん」

「あ、これめちゃくちゃ甘くておいしいですね。あ、めっちゃおいしいかも。最高ですね。ごはんが進む進む」

「ってことは――」中村が会話に加わる。「二ノ宮くんは、ニシン蕎麦《そば》も食べたことがないってこと？」

「なんですか？　ニシン蕎麦って」

「知らないんだ！」と驚いたのは茅野。「いまどき関東の人間でもほとんど知ってるでしょ」

「ほとんどってことは、全員ってことではないですよね。自分が知ってることを他人が知らないからって、マウント取るのはダメですよ」

「たしかに。ごめんなさい」

素直にあやまる茅野がちょっとかわいい。

「おっしゃるとおりだわ」と中村はうなずく。「二ノ宮くんはいいこと言うよね。常識も知識もみんなバラバラで、それでいいしね」

そういえば、と二ノ宮が中村に語りかける。

「いっしょに山行こうって約束、そろそろどうですか」

「わたしはいつでも。もう行けそう？」

「西穂独標《にしほどっぴょう》とか、どうですか」

「いいねっ」中村の表情が一気に華やぐ。

「ちょっと待って」と茅野が口を挟んだ。「それがどこか知んないけど、あんたらが行こうとするんだから高い山なんでしょ。いまの時期なんて雪がどえらいことになってんじゃないの」

「三千メートル近くあるからね。どえらいことになってるね、雪。死ぬほど寒いし」

「平地だってこんなに寒いのに、わざわざそんなところに行こうとする人間の気が知れない」

心底あきれた声で茅野は言い、中村はけらけらと笑う。

三人が軽快に会話するそばで、新井、蓬田、わたしの三人は黙々と食事をする。会話に加わることはないけれど、とても居心地がいい。

二ノ宮が言っていたように、ニシンの甘露煮はとても甘くて、けれど魚の深い味わいをしっかり閉じ込めていた。甘さと塩けを同時に感じられて、いくらでもごはんが食べられそうだ。

小松と仕事ができるかどうかはわからない。今後どうなるかもわからない。けれど結果にかかわらず、わたしはきっとまだしばらくマンガを描きつづけるだろう。

猫目荘に越してきたとき、自分が再びマンガを描くとは想像もしていなかった。マンガを拒絶せずにいられた自分が、なにより嬉《うれ》しかった。

もしわたしが実家で中村と出会うことがなければ、あるいは出会っても猫目荘に越してこなければ、きっといまの状況はありえない。

もちろん、なにが正解だったかなんてのはわからない。でも、そんなことは考えても意味がない。選ばなかった道の先にある〝もしもの世界〟なんて、存在しないのだから。

ただひとつ確実に言えるのは、猫目荘のまかないはうまい。

――ここに越してきてよかった、ということ。

「ただいまー」

玄関で言うも反応する声はなく、台所に母を見つけもういちど「ただいまー」と言う。

「ああ、おかえりなさい。早かったじゃない」

「でしょ。駅からジョギングしてきたから」

「ほんとに？」

「冗談に決まってるでしょ」

荷物を置いて、台所のテーブルでひと息つく。やっぱり実家に戻ってくると安心する。

古臭くて、ごちゃごちゃと物に溢《あふ》れた台所。なぜか置かれたこけし。なんの意味があるのかよくわからない玉のれん。いかにも昭和って感じの、やたらと重厚感のある立派な食器棚。収められた食器も、何十年使っているんだろと思えるものばかりだ。なにひとつ変わっていない。ここだけ時間が止まっているかのよう。

かと思えば、どこで誰に貰《もら》ったんだ？　という謎キャラクターのやたら子どもっぽい謎のコップが増えてたりするのも実家七不思議だ。

台所で下ごしらえらしき作業をしながら「それで——」と母が声をかけてくる。

「今日はどうしたの。こんな時期に帰ってきて」

ここでも聞かれるか。

「いやだから大したあれはないって。去年も、今年の正月も帰れなかったから」

「仕事？」

「うんまあ、それだけじゃないけど、そんな感じ」

「それで、こんな平日に帰ってこられるんだ。おんなじような会社に転職したんじゃないの？」

そうだった。そういう設定だった。

今回のわたしのミッションは、自分の現状を包み隠さず両親に話すことだった。次に進むためには必要な儀式だと思えたから。いずれにしてもいつまでも先延ばしにするわけにはいかない。

「その話はまたあとでするから。お父さんといっしょに。二度手間になるし」

「わかったわよ。今晩はすき焼きだけど、いいよね」

急に話題変わるな。

わたしが帰ってきたときは、たいていすき焼きが出てくる。中村がうちに泊まった日の夜も、すき焼きだった。

理由は単純に、わたしが大好きだからだろう。いまもまだわたしが帰ってくるのを喜んでくれているのかなと思う。

「もちろん」

すき焼き鍋《なべ》を囲んで家族水入らずの夕食がはじまった。

まずは卵を小鉢に割り入れる。

また、卵だ。というか卵の守備範囲が広すぎる。

ほぼ原形を留《とど》めたゆで卵や目玉焼き。溶いて焼けば玉子焼き、炒《い》り玉子。オムレツというのもあるし、ごはんを包めばオムライスになる。しっかり焼いてもいいし、半熟でもいい。ごはんにかければ卵かけごはん、パンにかければフレンチトースト。ハンバーグのときのように、目立たず、調味料のような役割を果たすことも多い。中村が山でつくったチャーハンにも使われていた。叶とつくったチーズケーキにもだ。考えてみればスイーツにはたいてい使われている気がする。

千変万化。主役から脇役、ちょい役までこなす千両役者。栄養に富み、安価で安定供給。国や文化を問わず、世界中で愛される食材。そんな人間に、わたしはなりたい。

いや、さすがにそれは言いすぎ。

まぁでも――、卵を箸《はし》で溶きながら思う。黄身と白身が混ざり、どろりとした独特の粘度を持つ。これくらい柔軟に、自由に生きられたほうが人生は楽しいんだろう。誰に決めつけられたわけでもないのに、人は得てして勝手な思い込みで自分を制限してしまいがちだ。千変万化とまではいかなくても、もっと自由であっていい。才能とか、賞味期限とかを考えて動けなくなるのは、もったいない。

うん、このフレーズ、企画が通ったら作品で使おう。あとでメモしておかなくちゃ。

「結芽、いつまで卵かき混ぜてんだ」

父が突っ込み、母がつづく。

「ほら、肉もういいよ。豆腐も」

「あ、うん。ありがと」

牛肉を卵に軽くつけて口へと運ぶ。甘辛く煮詰められたやわらかいお肉と、それをまろやかに包み込む生卵の慈愛。肉と卵、これ以上ないほどの濃厚な旨《うま》みが嚙《か》めば嚙むほど無限に湧き出てくる。

久しぶりに食べる実家のすき焼きは、やっぱり実家の味だった。

例の話は頃合いを見て、いい感じに食事が進んでからと考えていたのだけれど、それは難しいことがすぐにわかる。

場を繋《つな》ぐための雑談でも、けっきょく「で、最近はどうしてるんだ」になってしまう。この話題を先に済ませないと右にも左にも会話が進まない。

意を決して口火を切った。

「でさ、例の会社辞めた件だけどさ――」

「べつにいいんじゃないか」といきなり父に遮られる。「父さんはべつに心配してないから。いまどきは転職するのもわりとふつうなんだろ。結芽が言ってたようにキャリアアップだったか。母さんは心配性すぎるんだ」

「わたしが心配に思ったのは辞めたことを結芽が黙ってたからですよ」

「だからそれが心配性なんだって」

理解のある発言はやめて！　ますます言いにくくなる！

「あの、お父さん、お母さん、ちょっと聞いてくれるかな。三年前、いやもう四年前か、そのときに会社を辞めたのは事実で。でも、それから再就職はしてないんだ。会社には勤めてない」

父も母も絵に描いたようなきょとんとした顔をしていた。その顔のまま父が告げる。

「男と、暮らしているのか」

違うわ！　その発想はなかったわ。

「そうじゃなくて。フリーランスってわかる？　もともと傭兵《ようへい》って意味なんだけど」

いやそんなことはどうでもいい。「個人事業主。組織に属さず、個人で働く生き方」

ええい、なにをごちゃごちゃとわたしは先延ばしにしてるんだ。とっとと言ってしまえ！「えっとね、つまりね、あのね、その……マンガ家を、やってたんだ。いや、やってるの」

いちおう現在進行形でも嘘にはならないはず。

両親のきょとん顔はまったく変わらなかった。今度は母が告げる。

「マンガ家って、マンガを描く、人？」

マンガ以外を描くマンガ家はたぶんいないはず。

「そうだね、マンガを描く人」

「それで食べていけてるのか」と父。

「食べていけたり、いけなかったり」

「なんで黙ってたのよ」

母が言い、少しばかりカチンと来る。

「言えないよ。言えるわけなかったよ。あんなに大反対されたのに」

再び両親ともにきょとんとした顔をした。

いやいや、きょとんとしたいのはこっちだよ。

「えっと、まさか、覚えてないの？」

「覚えてるもなにも、マンガ家になるなんて話聞いたことないぞ」

父が不思議そうに言った。母は不安そうな顔で父をちらちらと見ながら曖昧《あいまい》にうなずいている。

なんだろう、この気持ちは。怒りとも、安堵《あんど》とも違う、ずっとずっと大事に取っておいた宝箱を開けたら、中身は空っぽだったような、空虚な感覚。

「高校二年生のときだよ。マンガ家になりたいって話をした。そしたら、すごい反対されたんだよ」

父は右手に箸を持ったまま、左手でしきりに顔を撫《な》でる。

「そんなことあったか……。ああ、いや、やっぱり覚えてないなぁ。はっきりなりたいって言ったのか」

「いや、もう少しぼやかした言い方だったとは思う。恥ずかしさもあったし」

「まあ、あれだ。そのときは受験勉強が嫌で、適当なことを言ってるんじゃないかと思ったんじゃないか。それで反対したんじゃないかな。──母さんは覚えてるのか」

母は険しい顔で首をひねった。

「言われてみれば、そういうことがあったような気もするんですけどねぇ。でも、自分の記憶かどうかも曖昧な感じで」

「まあ、あれだ」と父は同じ言葉を繰り返す。「そのときは子どもの戯《ざ》れ言だと思ってまともには取らなかったんだろ。さっぱり覚えてはいないが、反対もしたのかもしれない。でもまあ、いまマンガ家をやってることは反対はしないさ。結芽の人生なんだしな。そこはまあ、自由にやればいいと思う。親としては不安に思う部分も、そりゃあるけども、そんなことを言ってもしょうがないしな」

母はそこまで割りきった感じではなかったものの、不承不承といった表情でゆるくうなずいたあと、付け加える。

「でもねえ、お母さんはちゃんと言ってほしかったな。会社を辞めたときにね。結芽ももう大人なんだし、ちゃんと言ってくれたら、べつに反対なんてしなかったよ。反対したってしょうがないしねぇ」

言葉の内容以上に、大きな不満を抱いているのは明らかだった。

それでも想定していたような反発や、面と向かって説教されるようなことはなく、正直拍子抜けした感はあった。ふたりとも予想以上に理解を示してくれたと思う。

でもやっぱり、わたしは両親の言葉を心から素直には受け取れなかった。嬉《うれ》しいとか、ありがとうとかは思えなかった。

わたしの心が狭いからだろうか。歪《ゆが》んでいるのだろうか。

高校二年生のときに受けた、わたしの夢を全否定するような言葉。それはずっと自分の心に呪いとしてこびりついてしまった。

わたしにしたって記憶を美化している可能性は否めない。いまにして思えば、受験勉強から逃げ出したいという気持ちもあったのかもしれない。そこまで純粋な夢ではなかったのかもしれない。会社から逃げ出したくて、二十代半ばでマンガ家を目指したように。

それでもやっぱり、あれは子どもに向けてはいけない言葉だった。呪いの言葉だった。

忘れている、という事実が、娘の言葉や気持ちと本気で向き合っていなかった証拠ではないのか。子どもの気持ちを考えず、親のコントロール下に置きたいという気持ちがなかったと言えるのか。

わかってる。両親がわたしを愛してくれていることを。愛してるゆえの言葉だったってことも。それを感じられたから、わたしはふたりの言葉を受け入れたんだ。

でも、マンガ家という生き方を否定したいのだとしても、頭ごなしにどやしつけず、話を聞いてほしかった。話し合ってほしかった。子どもを未熟なものと決めつけず、ひとりの人間と認めてほしかった。

割りきれない思いは湧いてきたし、文句のひとつやふたつ言いたかったけれど、ぐっと呑《の》み込んだ。いまさら蒸し返してもしょうがない話だ。

「うん、そうだね。ちゃんと伝えなかったのは悪かったと思う。ごめんなさい」

その後はすき焼きを食しながら、いまの仕事について質問攻めに遭った。

すべてがすべて真正直に答えたわけではない。嘘になるかどうかの境界で、曖昧にごまかして答えたりもした。親を心配させたくないから、と言えば聞こえはいいが、あまり心配されてもめんどくさい、という思いは少なからずあった。

わだかまりは残っているけども、ともあれすべてを告白し、肩の荷が下りたのは間違いなかった。拍子抜けしたというか、もっと早くに言うべきだったとも思う。でも、いまこのタイミングだから言えたと思うし、親子というのはこういうものだろうと割りきりもあった。

ドライな考えかもしれないが、しょせんは別の人間だ。すべてを許せるわけではないし、すべてを理解し合えるわけでもない。多少のわだかまりは抱えながら付き合っていくしかない。

その日の夜、風呂《ふろ》から上がって自分の部屋に戻ってくると、スマホにメールの着信通知が届いていた。発信者を見て心臓が跳ねる。

小松から、だった。

新作案の感想？　いやいや昨日の今日だぞ。いくらなんでも早すぎるだろ。とはいえ、どれだけじっくり読んでも一時間もかかる分量じゃない。仕事のタイミング次第ではぜんぜん不自然じゃない。

これだけ早いってことは、いい返事？　いや、気に入ったのなら、ものになると判断したのなら、日を空けてもっとじっくり読み込むんじゃないだろうか。一読してこれはダメだと判断したからこそのすばやい返信なのではないか。いやいや、それはさすがに悲観的すぎる。すごくよかったからこそ、すぐにメールを送ってくれた可能性もある。

さまざまな思考が頭のなかをぐるぐるぐるぐると駆け巡る。そしてメールを開ける勇気は出ない。

とりあえずスマホでアニメでも見て気持ちを落ち着けよう。いや無理無理！　いまこの状態で見たって絶対頭に入ってこない。

先延ばしにしたって時間を無駄にするだけだ。腹を括《くく》ってメールを読もう。うん、開けて読もう。うだうだしたところで内容は変わらない。結果はもう、このスマホのなかに入っているんだ。とっとと開封して、楽になろう。

開けるぞ。開けるぞ。開けろよ！

そうして部屋のなかをぐるぐる歩き回ったり、立ったり座ったりと落ち着かない十分間を過ごしたのち、わたしはようやく覚悟を固めた。

すでに敷かれていた布団の中央にあぐらをかいて座り、深呼吸を二回繰り返す。ダメだったとしても、それで世界が終わるわけじゃない。ダメならダメで、一からやり直せばいいと腹を括ったじゃないか。

自己暗示のように言い聞かせてから、静かにクリックする。

まっさきに「すごくいいです！」という言葉が飛び込んできた。

メールの内容は、絶賛と言っても差し支えないものだった。「ぜひこの作品をかたちにしたいです！」と小松の熱い思いが綴《つづ》られていた。

最初に抱いた感情は安堵だった。次いでじわじわと喜びが滲《にじ》み出てきて、最終的には布団の上をごろごろと転げ回りたくなる嬉し恥ずかし状態になった。さすがにしなかったけど。

先を急ぐあまり上滑りしていたメールの文面を、二度目はじっくり読み、もういちど読みたい気持ちを抑えてスマホを床に伏せた。喜びも一気に摂取してしまってはオーバードーズになってしまう。

「よかった……」

小さく声に出してつぶやいて、でも本当の勝負はここからだと自分を戒める。

本当にいいものになるかどうかはまだわからない。最初はよくても、だんだんと雲行きが怪しくなるケースなど掃いて捨てるほどある。作家や編集者の思いだけではままならない事態だって出来《しゅつたい》する。かたちになるかどうかすら現段階では霞《かすみ》の向こうにあって、確かなことなどなにひとつないのだ。

自分にできるのは、全力を尽くすことだけ。

気持ちが落ち着いてから、示野にメッセージを送った。

昨年末、小松に「しばらく待ってほしい」旨をメールしたあと、彼女にもその件については伝えていた。「小松さんの依頼は受けるつもり。ただ、いま自分が描くべきものを見つけてから臨みたい」ということを説明したのである。示野はわかったようなよくわからないような微妙な反応を見せたけれど、わたしが前向きに動いたことは無邪気に喜んでくれた。

この件に関しては彼女にきっちり報告しておく義務というか、義理がわたしにはある。

時間はかかったけれど、小松さんといっしょに仕事をすることになりそうだというメッセージを送ると、返信はすぐに届いた。

示野〈やった！〉

小躍りするスタンプ

〈いよいよ再始動ですね！〉

十倉〈うん。少し時間はかかったけど、ようやく自分がマンガを描く意味が見えてき

た気がする。ほんとありがとう〉
示野〈十倉さんのマンガが素晴しかったからですよ！〉
十倉〈自分はなんもしてないっす〉
〈いまの状況は示野さんのおかげだから。ほんと感謝してる。その気持ちだけは
受け取って〉
示野　了解っス！　のスタンプ
〈じゃあ、今度お祝いで飲みに行きましょう！〉
十倉〈まだ仕事することが決まっただけで、お祝いするほどのことでもないけどね〉
示野〈じゃあ、お祝いしてくれます？〉
十倉〈どういうこと？〉
示野〈じつは……〉
ドラムロールのスタンプ
〈「きょうそと」のドラマ化が決定しました！〉
ばんざーい！　のスタンプ
十倉〈まじで⁉〉
示野〈まさかのドラマ化！〉
十倉〈おめでとう！　本当におめでとう！　なんか、すごい、自分のことみたいに嬉《うれ》

しい〉

示野〈へへっ、照れるっす〉

　鼻の下をこするスタンプ

十倉〈お祝いしよう！〉

示野〈行きましょう！〉

　それからは通話に変えて、しばらく示野と雑談をつづけた。まだ公表する段階ではないものの、現時点で決まっていることを包み隠さず教えてくれる。自分を信用してくれるのは嬉しいけど、そういうのはあまり口外しないほうがいいのではと、逆にこちらがはらはらするほどだった。

　示野との通話を終え、中空を見上げて小さく吐息をつく。

　ドラマ化の話は嘘偽りなく心の底から嬉しかった。半年前ならきっとそうはならなかったはずだ。嫉妬《しっと》の感情に支配され、表面だけを取り繕って〈おめでとう〉を送っただろう。

　彼女の成功を喜べるのは幸せなことだったし、同時に感謝の気持ちにも包まれる。

　感謝の対象は曖昧模糊《あいまいもこ》としてよくわからなかったけれど、ここに至るすべての巡り合わせに、なのかもしれない。

呼吸の音が、はるか下を流れる渓流の音にかき消される。

車が通れるほどに幅が広くて歩きやすい、ゆるやかに上がったり下がったりする林道がだらだらと八キロ近くつづいたあと、いよいよ本格的な登山道に入ったところだった。前回よりかなり距離のある道程だ。けれど目の前で揺れるザックは同じもの。

中村とふたり、再びわたしは山にやってきた。今回は電車で、東京の最果てのような駅で降り、そこからさらにバスに乗って登山口までやってきた。降りたバス停は、すでに山梨県らしい。

目的地は東京都最高峰である雲取山《くもとりやま》、ではなくその手前にある山小屋のテント場だ。

今年は例年にない暖冬で、三月半ばの時点ですでに初夏を思わせる暖かさがつづいていた。しかし山のほうに来ると一気に涼しくなる。雲取山の山頂付近はまだまだ厚い雪に覆われていて、そこまで行く体力も技術もわたしにはない。

登山道に入ったとたんに道は狭くなり、しかも片側は切り立った崖《がけ》になっていて少し怖くもある。しかし傾斜のきつい場所はあまりなく、その点はありがたかった。しかも本格的な山道はラスト一キロほどしかない。

バスを降りてからの距離は長かったものの、中村と雑談を交わす余裕はあり、途中休憩もいちどきりで無事に山小屋に到着できた。

ずいぶんと変わった山小屋だった。いや、山小屋自体はそんなに変じゃないのだけれど、そこからつづら折りの急坂を下ってずいぶんと下にテント場がある。しかもテント場のすぐ横を渓流が流れているのだ。

そのつづら折りの道を下りながら尋ねる。かなり急な下り坂なので靴先に足の指が食い込むし、気を抜くとつんのめりそうになる。

「こういうテント場は、よくあるんですか」

「いやぁ、わりと珍しいんじゃないかな。小屋とこれだけ高低差があるのも、すぐ脇に渓流が流れてるってのもね」

「でも、すごく雰囲気いいですよね」

「でもさ、トイレは山小屋の横にしかないから、トイレに行くたびにこの坂を上り下りしないといけないんだよね」

「え……まじですか……」

いまは下りだからまだいい。けれど上りはそうとうな急登になるわけで、しかもかなりの距離がある。誇張でもなんでもなく途中でバテてしまいそうだ。

「まあまあ、キャンプじゃないんだから。山はそういう不便さも楽しまないと。それにここには温泉がある！」

そう、ここには温泉があるのだ。それでトイレのたびの上り下りを帳消しできるかは個人的に微妙だったけれど、いまさら文句を言っても仕方ない。不便さを楽しもう。

テント場に到着する。いまのところほかのテントは見当たらず、すぐ横を流れる渓流の音は想像以上にうるさかった。話ができないほどではないけれど、寝るときは気になるかもしれない。

二張りのテントを設営すると、すぐさま食事の準備に取りかかった。テント場に設《しつら》えられたテーブルに携帯バーナーをセットしながら中村が言う。

「マンガ家としての活動、再開できたんだよね。無事に進んでる？」

これまでのおおまかな経緯は彼女にも伝えていた。

「はい、おかげさまで。まだ正式に連載が決まったわけじゃないですけど、手応《てごた》えは感じています」

あれから小松とは何度も打ち合わせを重ね、磨きをかけていった。「大人向けの下宿屋を舞台にした創作ストーリー」という核となる部分は変わらないものの、さらに多くの読者の共感を呼び込めるように登場人物の設定を見直したり、エピソードや構成をブラッシュアップしていった。自分でもさらにいいものになった自信がある。こんなに手応えを感じられる作品は初めてだった。

もちろん連載は小松だけの判断で決まるものではないし、もろもろのタイミングもある。けれど初めて会った鍋《なべ》料理屋での言葉どおり、紙媒体での連載に向けて動きはじめていた。

「そっか、よかった！」

顔いっぱいに嬉しそうな笑みを浮かべ、テント内のザックからレトルトの袋を取り出す。

「今日は、もつ鍋だ！」

中村はてきぱきと料理をつくっていく。

市販の出汁《だし》にニンニクと唐辛子を加え、鶏《とり》がらスープの素《もと》で味を調える。そこに主役であるもつと、カット野菜、ニラ、もやしなどを加えて煮込むだけ。

「山で鍋ってのもありなんですね」

「ありあり。とはいえ食材がやたら重くなるから、初日限定の贅沢《ぜいたく》だね。あっ、あと締めのラーメンもあるから」

棒状のインスタントラーメンを取り出して掲げる。

「最高ですね」

クッカーに蓋《ふた》をしながら、中村はふいに告げた。

「わたし、三月下旬に引っ越すことが決まったよ」

「え？」初耳だった。「そうなんですか？」

「秋田に引っ越す。秋田で、小さな本屋さんを手伝うことにした」

中村は楽しそうに説明してくれた。

秋田に、カフェを併設する小さな本屋さんがある。そういう業態は東京でも珍しくないものだが、その店が変わっているのは山のなかにあるということだった。

「山の小さな本屋さん、って感じかな。奥深い山中ってわけではないし、車でも行ける場所なんだけど、周囲に人家もなにもなくて、ほんとに山のなかって感じ」

経営しているのは中村より少し年上のひとりの女性。料理研究家の顔もあり、本を出したり、雑誌の連載なども持っている。

「すごくすてきな人で、旅の途中で出会って、意気投合してさ。店を手伝いながら二週間近く滞在したのかな。そのとき、一時的なものじゃなくて、本格的に店を手伝ってくれないかってお願いされたんだよ。いちおう元書店員だし、そっち方面の知識もあるしね。けっこう心は動いたんだけど、旅の途中だったし、その後もタイミングが合わなくてそのままになってて」

ところが、年明けに再び彼女から連絡があった。

新しい試みをはじめる予定で、今度こそ本気で手伝ってくれないか、という誘いだった。

「その『試み』ってやつもすごくおもしろそうだったし、自分の経験も活《い》かせそうだった。いまあらためて自分に問いかけても、あの場所で暮らしたい、彼女といっしょになにかをしたい、という気持ちに変わりはなかった。なにより本が好きだしね。だから一も二もなくオッケーした」

そう言った中村は本当に嬉《うれ》しそうだった。

「羨《うらや》ましいです。中村さんは本当に人生を楽しんでいますよね」

「うん。それはほんとに自信ある」

そう言って彼女はクッカーの蓋を開けて軽くかき混ぜた。

「ほんと、人生でいまがいちばん楽しいんだ。人生でいちばんお金はないけどね」からからと笑う。「でもまさか、なんの縁もゆかりもない秋田に住むなんてね！」

「中村さんの人生はジェットコースターですね」

「そうかもしれない。でもわたしだって狭い世界に閉じ籠《こ》もったままだったら、こんなことにはならなかったと思う。三十半ばまで世界がこんなに広いなんて知らなかった。あの日、山の上で、空を眺めながら下した決断は、本当に正しかったと思ってる。人生を心から楽しめるようになったのはそれからだから。世界と深く繫《つな》がれば、不思議といろんなものが周りに立ち上ってくるんだよ。なにが起きるかわからないからこそ、人生は楽しいんだ」

わたしも、以前より少しは深く世界と繋がれたのだろうか。だからいろんなものが周りに立ち上ってくれたんだろうか。

もし無事に連載を開始できても、順風満帆とはいかないだろう。この先もたくさんの試練がきっとある。落ち込む日も、泣きたくなる日もあるだろう。

けれど世界と深く繋がっていれば、必ずいろんなものが自分の前に立ち上ってくる。漂泊を受け入れ、立ち上る事象と繋がり、人と繋がっていけば、自然と進むべき道は見つかる。

人生を楽しもう、と思える。

「おっし、完成！」

蓋を開けると同時にもつ鍋の濃厚な、悪魔的な匂いが周囲に立ちこめた。食欲をそそられすぎて頭がくらくらする。今日は貸し切り状態でよかった。

「おいしそうです！」

「おいしそう、じゃない。確実においしいから」

ふたりの笑い声が渓流の音に溶けていく。

主な参考文献

『裸の大地 第一部 狩りと漂泊』角幡唯介著(集英社)
『極夜行』角幡唯介著(文春文庫)

本書は書き下ろしです。
目次・登場人物表デザイン／二見亜矢子
目次イラスト／嶽まいこ

猫《ねこの》目《め》荘《そう》のまかないごはん

夢《ゆめ》とふっくら玉子《たまご》焼《や》き

伽《か》古《こ》屋《や》圭《けい》市《いち》

令和6年 9月25日　初版発行

発行者●山下直久

発行●株式会社KADOKAWA
〒102-8177　東京都千代田区富士見2-13-3
電話　0570-002-301（ナビダイヤル）

角川文庫 24319

印刷所●株式会社暁印刷
製本所●本間製本株式会社

表紙画●和田三造

ISBN 978-4-04-115159-4　C0193

角川文庫発刊に際して

角川源義

第二次世界大戦の敗北は、軍事力の敗北であった以上に、私たちの若い文化力の敗退であった。私たちの文化が戦争に対して如何に無力であり、単なるあだ花に過ぎなかったかを、私たちは身を以て体験し痛感した。西洋近代文化の摂取にとって、明治以後八十年の歳月は決して短かすぎたとは言えない。にもかかわらず、近代文化の伝統を確立し、自由な批判と柔軟な良識に富む文化層として自らを形成することに私たちは失敗して来た。そしてこれは、各層への文化の普及滲透を任務とする出版人の責任でもあった。

一九四五年以来、私たちは再び振出しに戻り、第一歩から踏み出すことを余儀なくされた。これは大きな不幸ではあるが、反面、これまでの混沌・未熟・歪曲の中にあった我が国の文化に秩序と確たる基礎を齎らすためには絶好の機会でもある。角川書店は、このような祖国の文化的危機にあたり、微力をも顧みず再建の礎石たるべき抱負と決意とをもって出発したが、ここに創立以来の念願を果すべく角川文庫を発刊する。これまで刊行されたあらゆる全集叢書文庫類の長所と短所とを検討し、古今東西の不朽の典籍を、良心的編集のもとに、廉価に、そして書架にふさわしい美本として、多くのひとびとに提供しようとする。しかし私たちは徒らに百科全書的な知識のジレッタントを作ることを目的とせず、あくまで祖国の文化に秩序と再建への道を示し、この文庫を角川書店の栄ある事業として、今後永久に継続発展せしめ、学芸と教養との殿堂として大成せんことを期したい。多くの読書子の愛情ある忠言と支持とによって、この希望と抱負とを完遂せしめられんことを願う。

一九四九年五月三日

角川文庫ベストセラー

猫目荘《ねこのめそう》のまかないごはん　伽古屋圭市

まかない付きが魅力の古びた下宿屋「猫目荘」。再就職も婚活もうまくいかず焦る伊緒は、様々な住人たちと出会い、旬の食材を使ったごはんを食べるうち、〝居場所〟を見つけていく。おいしくて心温まる物語。

泣かない子供　江國香織

子供から少女へ、少女から女へ……時を飛び越えて浮かんでは留まる遠近の記憶、あやふやに揺れる季節の中でも変わらぬ周囲へのまなざし。こだわりの時間を柔らかに、せつなく描いたエッセイ集。

泣く大人　江國香織

夫、愛犬、男友達、旅、本にまつわる思い……刻一刻と姿を変える、さざなみのような日々の生活の積み重ねを、簡潔な洗練を重ねた文章で綴る。大人がほっとできるような、上質のエッセイ集。

去年《こぞ》の雪　江國香織

不思議な声を聞く双子の姉妹、自分の死に気付いた男、緋色の羽のカラスと出会う平安時代の少女……百人百様の人生が、時間も場所も生死も超えて繋がっていく。この世界の儚さと愛おしさが詰まった物語。

アンネ・フランクの記憶　小川洋子

十代のはじめ『アンネの日記』に心ゆさぶられ、作家への道を志した小川洋子が、アンネの心の内側にふれ、極限におかれた人間の葛藤、尊厳、信頼、愛の形を浮き彫りにした感動のノンフィクション。

角川文庫ベストセラー

偶然の祝福　小川洋子

見覚えのない弟にとりつかれてしまう女性作家、夫への不信がぬぐえない妻と幼子、失踪者についつい引き込まれていく私……心に小さな空洞を抱える私たちの、愛と再生の物語。

夜明けの縁をさ迷う人々　小川洋子

静かで硬質な筆致のなかに、冴え冴えとした官能性やフェティシズム、そして深い喪失感がただよう――。小川洋子の粋がつまった粒ぞろいの佳品を収録する極上のナイン・ストーリーズ！

不時着する流星たち　小川洋子

世界のはしっこでそっと異彩を放つ人々をモチーフに、現実と虚構のあわいを、ほんのり哀しく、滑稽で愛おしい共感の目でとらえた豊穣な物語世界。バラエティ豊かな記憶、手触り、痕跡を結晶化した全10篇。

チョコレートコスモス　恩田陸

無名劇団に現れた一人の少女。天性の勘で役を演じる飛鳥の才能は周囲を圧倒する。いっぽう若き女優響子は、とある舞台への出演を切望していた。開催された奇妙なオーディション、二つの才能がぶつかりあう！

雪月花黙示録　恩田陸

私たちの住む悠久のミヤコを何者かが狙っている……！　謎×学園×ハイパーアクション。恩田陸の魅力全開、ゴシック・ジャパンで展開する『夢違』『夜のピクニック』以上の玉手箱!!

角川文庫ベストセラー

私の家では何も起こらない　恩田　陸

小さな丘の上に建つ二階建ての古い家。家に刻印された人々の記憶が奏でる不穏な物語の数々。キッチンで殺し合った姉妹、少女の傍らで自殺した殺人鬼の美少年……そして驚愕のラスト！

あしたはうんと遠くへいこう　角田光代

泉は、田舎の温泉町で生まれ育った女の子。東京の大学に出てきて、卒業して、働いて。今度こそ幸せになりたいと願い、さまざまな恋愛を繰り返しながら、少しずつ少しずつ明日を目指して歩いていく……。

恋をしよう。夢をみよう。旅にでよう。　角田光代

「褒め男」にくらっときたことありますか？　褒め方に下心がなく、しかし自分は特別だと錯覚させる。ついに遭遇した褒め男の言葉に私は……ゆるゆると語り合っているうちに元気になれる、傑作エッセイ集。

今日も一日きみを見てた　角田光代

最初は戸惑いながら、愛猫トトの行動のいちいちに目をみはり、感動し、次第にトトのいない生活なんて考えられなくなっていく著者。愛猫家必読の極上エッセイ。猫短篇小説とフルカラーの写真も多数収録！

潮風キッチン　喜多嶋　隆

突然小さな料理店を経営することになった海果だが、奮闘むなしく店は閑古鳥。そんなある日、ちょっぴり生意気そうな女の子に出会う。「人生の戦力外通告」をされた人々の再生を、温かなまなざしで描く物語。

角川文庫ベストセラー

さいごの毛布　近藤史恵

年老いた犬を飼い主の代わりに看取る老犬ホームに勤めることになった智美。なにやら事情がありそうなオーナーと同僚、ホームの存続を脅かす事件の数々——。愛犬の終の棲家の平穏を守ることはできるのか？

震える教室　近藤史恵

歴史ある女子校、凰西学園に入学した真矢は、マイペースな花音と友達になる。ある日、ピアノ練習室で、2人は宙に浮かぶ血まみれの手を見てしまう。少女たちが謎と怪異を解き明かす青春ホラー・ミステリー。

みかんとひよどり　近藤史恵

シェフの亮二は鬱屈としていた。料理に自信はあるのに、店に客が来ないのだ。そんなある日、山で遭難しかけたところを、無愛想な猟師・大高に救われる。彼の腕を見込んだ亮二は、あることを思いつく……。

ホテルジューシー　坂木　司

天下無敵のしっかり女子、ヒロちゃんが沖縄の超アバウトなゲストハウスにて繰り広げる奮闘と出会いと笑いと涙と、ちょっぴりドキドキの日々。南風が運ぶ大共感の日常ミステリ!!

大きな音が聞こえるか　坂木　司

退屈な毎日を持て余していた高1の泳は、終わらない波・ポロロッカの存在を知ってアマゾン行きを決める。たくさんの人や出来事に出会いぶつかりながら、泳は少しずつ成長していき……胸が熱くなる青春小説！

角川文庫ベストセラー

からまる　千早茜

生きる目的を見出せない公務員の男、不慮の妊娠に悩む女子短大生、そして、クラスで問題を起こした少年……。注目の島清恋愛文学賞作家が〝いま〟を生きる7人の男女を美しく艶やかに描いた、7つの連作集。

眠りの庭　千早茜

白い肌、長い髪、そして細い身体。彼女に関わる男たちは、みないつのまにか魅了されていく。そしてやがて明らかになる彼女に隠された真実。2つの物語がひとつにつながったとき、衝撃の真実が浮かび上がる。

夜に啼く鳥は　千早茜

少女のような外見で150年以上生き続ける、不老不死の一族の末裔・御先。現代の都会に紛れ込んだ御先は、縁のあるものたちに寄り添いながら、かつて愛した人の影を追い続けていた。

ふちなしのかがみ　辻村深月

冬也に一目惚れした加奈子は、恋の行方を知りたくて禁断の占いに手を出してしまう。鏡の前に蠟燭を並べ、向こうを見ると――子どもの頃、誰もが覗き込んだ異界への扉を、青春ミステリの旗手が鮮やかに描く。

本日は大安なり　辻村深月

企みを胸に秘めた美人双子姉妹、プランナーを困らせるクレーマー新婦、新婦に重大な事実を告げられないまま、結婚式当日を迎えた新郎……。人気結婚式場の一日を舞台に人生の悲喜こもごもをすくい取る。

角川文庫ベストセラー

育休刑事《デカ》（諸事情により育休延長中）　似鳥　鶏

捜査一課の巡査部長、事件に遭遇しましたが育休中であります！　男性刑事として捜査一課で初めての長期育児休業を延長中、1歳になる息子の成長で手一杯なのに、今日も事件は待ってくれない⁉

さいはての彼女　原田マハ

脇目もふらず猛烈に働き続けてきた女性経営者が恋にも仕事にも疲れて旅に出た。だが、信頼していた秘書が手配したチケットは行き先違いで――？　女性と旅と再生をテーマにした、爽やかに泣ける短篇集。

翼をください　(上)(下)　原田マハ

空を駆けることに魅了されたエイミー。日本の新聞社が社運をかけて世界一周に挑む「ニッポン号」。二つの人生が交差したとき、世界は――。数奇な真実に彩られた、感動のヒューマンストーリー。

アノニム　原田マハ

ジャクソン・ポロック幻の傑作が香港でオークションにかけられることになり、美里は仲間とある計画に挑む。一方アーティスト志望の高校生・張英才のもとには謎の窃盗団〈アノニム〉からコンタクトがあり⁉

わたしの恋人　藤野恵美

保健室で出会った女の子のくしゃみに、どきんと衝撃が走った。高校一年の龍樹は、父母の不仲に悩むせつなとつきあい始めるが――。頑なな心が次第に自由を取り戻すまでを、爽やかなタッチで描く！